Andre Mairock

Das Kreuz im Schilf

Andre Mairock

Das Kreuz im Schilf

Roman

rosenheimer

Neu bearbeitete Ausgabe

Bearbeitung, Lektorat und Satz:
Pro libris Verlagsdienstleistungen
Titelfoto: Michael Wolf, München
Druck und Bindung: Wiener Verlag, Himberg
Printed in Austria

ISBN 3-475-53368-5

1

Es war schon fast dunkel, als der Holzhändler Daniel Janisch in seinem neuen Opel-Kapitän auf einer der Ausfallstraßen die Stadt verließ. Am westlichen Himmel zeichnete sich noch ein schwacher, schmaler Lichtstreifen der versunkenen Sonne ab, und in diese letzte Röte des verlöschenden Tages ragte die Gebirgskette wie eine schwarze gezackte Wand hinein.

Daniel Janisch schaltete das Fernlicht ein, denn je weiter er sich von der Stadt entfernte, desto spärlicher wurden die Lampen, die die Straße erleuchteten. Schließlich war er an der letzten vorbei und sah sich von tiefer Nacht umgeben. Die Scheinwerfer jagten dem Wagen weit voraus und ließen den feuchten Asphalt hell aufschimmern. Das Licht griff nach den Bäumen und Stauden, die den Rand der Böschung markierten, es fiel auf die Warntafeln, die die zahlreichen, oft sehr scharfen Kurven anzeigten.

Nur selten kam Daniel Janisch ein Fahrzeug aus dem Niedereicher Hochmoor entgegen, das nur mit einer Handvoll Menschen besiedelt war. Daniel Janisch kannte die Strecke so gut wie seine Hosentasche. Unzählige Male war er diese Straße schon zu jeder Tages- und Nachtzeit gefahren, denn er hatte draußen am Rand des Hochfilzes seinen Holzhof errichtet, auf dem er die ungeheuren Mengen der im Gebirge gefällten Waldbestände ansammelte und aufstapelte. Zum Transport diente ihm in der

Hauptsache der in der Nähe vorbeifließende Fluss, der ihm aus allen Teilen des Gebirges den geschlagenen Holzreichtum zutrug.

Hier wickelte Daniel Janisch also seine Geschäfte ab. Er hatte ein kleines Haus gebaut, in dem das Büro und die Unterkunftsräume für das Personal untergebracht waren. Privat lebte und wohnte er in der Stadt, wo er eine Villa besaß, die seinem durch den Holzhandel erworbenen Reichtum entsprach.

Er war eine im Holzfilz und unter den Bewohnern des angrenzenden Dorfes Niedereich bekannte Persönlichkeit. Überall, wo die Bevölkerung sich traf, in den Wirtshäusern, bei Großjagdtreffen oder sogar in der Kirche tauchte er gut gekleidet auf und stellte sich in den Mittelpunkt allen Geschehens.

Seine Familie dagegen, eine Frau und zwei Kinder von acht und zehn Jahren, hatte man noch nie auf dem Holzhof gesehen.

Daniel Janisch war immer allein, und es kam sogar vor, dass er wochenlang auf seinem Holzhof am Niedereicher Holzfilz hauste. Seinem Aussehen nach mochte er ein guter Vierziger sein, wenn auch von grobschlächtiger Erscheinung. Man war geneigt, seine Abstammung auf bäuerlichen Ursprung zurückzuführen.

Er war ein Mann, der durch seinen Handel zu Vermögen gekommen war. Wenn er sich unbeobachtet fühlte und den Zügen seines Gesichtes keinerlei Zwang auferlegen brauchte, dann nahm sein breites Gesicht einen harten, geradezu brutalen Ausdruck an. Das bewirkten in der Hauptsache die schmalen Augen und die hervortretenden Wangenknochen. Niemand wusste, wie er mit seiner Familie lebte. Man wunderte sich allerdings oft darüber, dass er weder mit seiner Frau noch mit seinen Kindern je zusammen gesehen wurde. Man zweifelte daran, dass er mit ihnen glücklich und friedlich lebte. Es hatte bestimmt einen Grund, dass er sich so viel in Niedereich auf seinem Holzhof aufhielt.

Einige seiner Leute arbeiteten schon sehr lange bei ihm. Der alte Toni war sogar schon seit Gründung des Holzhofes auf seinem Posten und galt als Faktotum des Hauses. Er hörte allerdings schlecht und bekam nicht mehr alles mit, was an unschönen Worten gesagt wurde.

Auch jetzt, als Daniel Janisch durch die nächtliche, einsame Landschaft fuhr, waren seine Augen zu schmalen Schlitzen zusammengekniffen, und er starrte auf die von den Scheinwerfern beleuchtete Straße, als würde er sich gedanklich mit recht unlustigen Dingen beschäftigen. Vielleicht hatte es aber auch einen Familienkrach gegeben. Wer wusste das schon?

Plötzlich trat der Mann hart auf die Bremse. Mitten auf der Straße tauchte eine Gestalt auf, die den Fahrer mit erhobener Hand zum Anhalten zwang. Es war eine Frau, soviel im Augenblick zu erkennen war, eine sehr junge Frau, fast noch ein Mädchen.

Janisch brachte das Fahrzeug zum Stehen und blendete die Scheinwerfer ab. Er nahm an, dass dem Mädchen etwas zugestoßen war und er Hilfe leisten musste; vielleicht war ein Unglück geschehen, oder sie befand sich in Not.

Er kurbelte das Fenster herunter. »Was ist los?«

Das Mädchen kam heran. Sie war von zarter Gestalt. Aus dem hageren, bleichen, aber schön geformten Gesicht schauten ihm ein paar dunkle, wundervolle Augen entgegen. Sie war ein ebenso seltsames wie imposantes Geschöpf. Das Kleid, das die junge Frau trug, war von modischem Schnitt, aber aus billigem Stoff. Sie kam bestimmt aus der Stadt.

»Ich weiß nicht, ob ich hier noch richtig bin«, entgegnete die Fremde mit dunkler, aber wohl klingender Stimme.

»Wo wollen Sie hin?«

»Ins nächste Dorf.«

»Das heißt Niedereich. Ist es das?«

»Ich weiß nicht. Vielleicht ist es der Ort, den ich suche.«

Daniel Janisch stieg aus. Diese seltsame Begegnung weckte sein Interesse. Das Mädchen war eine reizende Erscheinung. Der schlanke, vollendete Wuchs ihres Körpers stellte etwas dar. »Was suchen Sie denn in Niedereich?«, fragte er.

»Zunächst Arbeit …«

Er lachte. »Arbeit? Niedereich ist ein Bauerndorf. Sie werden mir doch nicht erzählen, dass Sie sich als Magd bei einem Bauern verdingen wollen?«

»Ich nehme jede Arbeit, die man mir gibt.«

»Was haben Sie denn gelernt?«

»Hauswirtschaft – später auch ein wenig Büroarbeit, Maschinenschreiben, Steno, Buchhaltung …«

Er schüttelte verwundert den Kopf. »Wo haben Sie bis heute gearbeitet?«

»Zuletzt war ich in der Stadt, aber es ging mir nicht gut.«

»Davongelaufen?«

Sie schwieg.

Nach einer Weile sagte sie: »Ich habe keine Eltern mehr, nur noch eine Schwester, habe aber dem Gelände selbst, das er als Naturschutzgebiet erhalten will. Ein schöner Zug, nicht wahr?«

Das Mädchen hörte ihm schweigend zu.

»Sie werden sich sagen: Was geht mich dieser Fabrikbesitzer an! Da haben Sie Recht!«, fuhr er fort. »Drum wollen wir Wichtigeres besprechen. Was würden Sie sagen, wenn ich Ihnen verrate, dass ich etwas ganz Besonderes mit Ihnen vorhabe?«

Sie horchte auf.

»Keine Angst«, beschwichtigte er sie. »Ich bin hier ein sehr angesehener Mann, und wenn Sie die nächste Zeit in dieser Gegend bleiben, werden Sie öfter vom Holzhändler Daniel Janisch hören. Ich habe hier einen großen Holzhof und bin Nachbar der Niedereicher Bauern und des Fabrikbesitzers Heinrich. Und was ich mit Ihnen vorhabe? Hören Sie! Ich brauche eine gute Kraft in meinem Büro. Nachdem Sie mir eben erzählt haben, dass Sie sich auf Schreib- und Büroarbeiten verstehen, sehe ich es als einen glücklichen Zufall, Sie hier getroffen zu haben. Was sagen Sie zu meinem Vorschlag?«

Er schaute sie nur kurz von der Seite an, denn er lenkte den Wagen und musste auf die Straße achten.

Das Mädchen aber blickte auf ihre verstaubten Schuhe. Sie achtete nicht auf das Gesicht des Mannes, nicht auf seine Augen, die begehrlich und heimtückisch aufflammten. Sie beschäftigte sich mit seinen Worten und sagte sich, dass es nur ein anständiger Mensch sein konnte, der so mit ihr sprach. »Sie wollen mich bei sich anstellen? Dabei wissen Sie nicht einmal, wer ich bin und woher ich komme!«, wandte sie ein.

»Sie sind ein armes Geschöpf und wissen im Augenblick nicht, wohin«, fuhr er fort. »Ich bin kein leichtgläubiger, weltfremder Patron, der von einem unschuldigen, schönen Gesicht zu Tränen gerührt ist. Ich weiß aber, dass Sie mich nicht hintergehen werden, denn Sie sehen anständig aus und wissen sich auch zu benehmen. Und wie gesagt, ich brauche dringend einen zuverlässigen Menschen in meinem Büro. Ich kann nicht immer da sein. Mein Geschäft macht es erforderlich, dass man ständig hinter den Kunden her ist. Außerdem verlangt der Holzeinkauf, dass man die Ware zuerst persönlich besichtigt und auf ihren Wert und ihre Verwendbarkeit prüft. Also? Es war wirklich ein Glücksfall, dass wir uns zufällig begegnet sind. Es ist uns beiden damit geholfen!«

Sie nickte froh und dankbar. Sie begann in ihrer Unschuld und Naivität sogar schon Vertrauen zu dem Mann zu fassen, von dem sie jedoch noch gar nichts wusste. Sie sah seine verlangenden Blicke nicht und bemerkte nicht sein verschlagenes Spiel, das er mit ihr trieb.

»Ich heiße Marlies – Marlies Bernatzky«, erzählte sie bereitwillig. »Mein Vater war Gutsverwalter. Ich war noch kleines Kind, als ich meine Eltern verlor. Sie sind bei einem Brand, den rachsüchtige Feinde auf dem Gehöft angelegt hatten, ums Leben gekommen. Beide starben an schwerer Rauchvergiftung. Wir waren zwei Kinder, zwei Mädchen, die allein und heimatlos zurückgeblieben sind. Man brachte uns zunächst in ein Waisenhaus und später zur Ausbildung in ein Heim für Jugendliche. Meine Schwester, die drei Jahre älter ist als ich, war eines Tages ohne mit mir zu reden aus der Anstalt abgehauen. Ich hörte viele Jahre nichts mehr von ihr und fand mich bereits mit dem Gedanken ab, dass sie gar nicht mehr am Leben sei, bis ich eines Tages einen Brief bekam, in dem mir mitgeteilt wurde, dass meine Schwester sich im Süden des Landes befinde und dass es ihr gut gehe. Ich verwahrte den Stempel des Briefes bis zu meiner Entlassung aus dem Heim. Er wies mir die erste Spur, und die führte hierher, in diese, dem Gebirge vorgelagerte Stadt. Aber soviel ich mich auch mühte, den Aufenthaltsort meiner Schwester auszukundschaften, ich schaffte es nicht, sie zu finden. Zunächst nahm ich Arbeit in der Hauswirtschaft an, dann versuchte ich es als Hilfsarbeiterin in einer Großwäscherei. Es ging mir nirgends gut. Ich wurde schikaniert und man ließ mich oft bis Mitternacht am Spültisch arbeiten, es waren die schweren körperlichen Anforderungen, denen ich nicht gewachsen war. Vergeblich bemühte ich mich darum, in einem Büro unterzukommen, denn diese Arbeit hatte ich ja gelernt. Es gelang mir nicht. Aus meiner letzten Stellung, es war ein Rasthaus mit einem regen Wirtschaftsbetrieb, bin ich heimlich weggelaufen. Es verkehrten dort Gäste, die in mir ein leichtes Mädchen sahen oder sehen wollten und mich mit widerlichen Zudringlichkeiten verfolgten. Unterstützung von meinem Arbeitgeber bekam ich nicht ... Und so stehe ich nun da und weiß nicht, wohin. Meine Schwester konnte ich nicht finden und ich fürchte, dass es mir auch nicht gelingen wird, außer, mir kommt der Zufall zu Hilfe. So möchte ich wenigstens für Menschen arbeiten, die gut und anständig sind. In der Stadt konnte ich das nicht finden. Man hat dort kein Vertrauen zu einem Mädchen, das keine ordentlichen Zeugnisse aufzuweisen hat. Deshalb kam ich aufs Land, in der Hoffnung, wenigstens bei einem Bauern unterzukommen.«

»Nein, für schwere Bauernarbeit sind Sie zu schwach, Marlies«, sagte der Mann. Er hatte sich ihren Namen gut gemerkt. »Sie arbeiten sich erst einmal in meinem Büro ein, und Sie werden sehen, dass Sie alle Aufgaben kinderleicht bewältigen.«

Er trat auf das Gaspedal. In der Ferne tauchten schon einzelne Lichter auf.

Sie sah es und hob neugierig den Kopf.

»Dort, wo die Lichter brennen, liegt das Dorf Niedereich«, erklärte er. »Und hier zu unserer Rechten beginnt bereits das Hochmoor oder der Hochfilz, wie die Leute es nennen. Lassen Sie sich nur nicht dazu verleiten, unbekannte Wege zu gehen, auch wenn Ihnen die Landschaft noch so verlockend erscheinen mag!«

»Ist es wirklich so gefährlich?«

»Wenn man nicht ortskundig ist – ja. Vor mehreren Jahren kam im Hochmoor ein junges Menschenkind um. Man hat es tot aus dem Sumpf geborgen, in den es unvorsichtigerweise geraten war.«

»Ach! – Wie konnte das denn geschehen?«

»Haben Sie jetzt Angst?«, lachte er. »Vielleicht beruhigt es Sie, wenn ich Ihnen verrate, dass dieses unglückliche Geschöpf nicht ganz schuldlos war: Ich hatte diesem Mädchen viel geschenkt und auch viele Freiheiten eingeräumt. Eine Revision ergab, dass sie damals eine beträchtliche Summe Geld veruntreut hatte. Aus Angst, ihre Verfehlungen könnten ans Licht kommen, verließ sie fluchtartig bei Nacht und Nebel das Haus, nahm den Weg durch das Moor und rannte in den Tod.«

Er schwieg und biss sich auf die Lippen, als täte es ihm heute noch Leid, dass es damals zu einem solchen Ende gekommen war …

Marlies Bernatzky schaute nachdenklich über das nächtliche Moor. Sie sah das Schilf, aus dem einzelne Erlen und verkümmerte Fichten ragten. Dahinter mussten die Sümpfe und Altwasser liegen. An den Krümmungen der Straße leuchteten die Scheinwerfer des Wagens hinein in das unheimliche Erdreich und weithin über die endlose Weite des Moores ...

»Haben Sie schon zu Abend gegessen?«, fragte er und riss sie aus ihren Gedanken.

»Nein«, gestand sie.

»Dann fahren wir zuerst noch zum ›Mooshäusl‹. Es ist das einzige Wirtshaus, das es hier in der Nähe gibt.«

»Muss das sein?«, fragte sie, denn sie hatte plötzlich Angst bekommen.

»Sie werden doch Hunger haben?«

»Nicht so schlimm ...«

»Mit einem hungrigen Magen fängt man bei Daniel Janisch nicht an zu arbeiten, mein Fräulein!«, lachte er.

Die Straße wurde schmaler und schlängelte sich durch den Filz.

Er fuhr wieder sehr langsam.

Dann tauchte ganz plötzlich ein Licht in der Nacht auf. Sie kamen an das erste Haus. Es war das von Daniel Janisch erwähnte Wirtshaus »Mooshäusl«.

Soweit man in der Nacht erkennen konnte, war es ein einstöckiges, mit Holz verkleidetes Gebäude mit kleinen Fenstern, an denen die Läden geschlossen waren. Bei einigen dieser Fenster fiel durch die Schlitze der Holzläden Licht auf die Straße. Hier befand sich offenbar die Stube. Bei Tag und im Sonnenschein mochte das »Mooshäusl« als idyllisches Rastplätzchen anmuten, aber jetzt in der Nacht, umgeben von dem weiten, schweigenden Moor, glich es einer unlauteren Spelunke, der man sich nur mit Unbehagen näherte.

Zögernd folgte Marlies ihrem Begleiter in dieses Haus. Sie hatte plötzlich das Gefühl, als ginge sie einem unbekannten, unglücklichen Geschick entgegen und als hätte sie bereits einen Schritt zu viel getan, um dem spürbaren Abenteuer, in das sie sich hatte locken lassen, nochmals entrinnen zu können.

Zwei derbe Männergestalten mit sonnengebräunten Gesichtern und wuchernden Bartstoppeln am Kinn saßen an einem Biertisch und glotzten ihnen misstrauisch entgegen. Ein dritter Mann stand hinter dem primitiven Schanktisch und hantierte mit Krügen und Flaschen. Er hatte ein sommersprossiges Gesicht und rote Haare.

Das war offenbar der Wirt …

Ohne die Anwesenden anzusprechen, belegte Daniel Janisch einen Platz an einem kleineren Ecktisch und nötigte seine Begleiterin, sich neben ihn zu setzen. Da kam auch schon der Wirt herbei. Er war von kräftiger, derber Gestalt. Der aufgeschlagene Hemdkragen gab einen starken Haarwuchs auf der Brust preis.

Er grüßte geschäftstüchtig, verzog seinen Mund zu einem breiten Lächeln und betrachtete eine Weile unverwandt und neugierig das fremde Mädchen.

»Wir möchten etwas essen, Simon«, sagte der Holzhändler. »Was haben Sie auf der Speisenkarte?« Das klang ein bisschen spöttisch. Aber der Wirt stieß sich daran nicht. Er nannte ein paar einfache Gerichte, unter denen sie wählen konnten.

Der Wirt ging hinaus, um das Bestellte zubereiten zu lassen.

Die beiden anderen Gäste tranken ohne Worte ihre Krüge leer. Nebenbei warfen sie einen neugierigen Blick auf das seltsame Paar und schienen zu rätseln, in welchem Verhältnis Daniel Janisch wohl zu seiner Begleiterin stand.

»Das sind Torfstecher vom Hochfilz«, erklärte der Holzhändler dem Mädchen, die sich von den neugierigen Blicken der Männer unangenehm berührt fühlte. »Dann und wann findet man hier auch mal Bauern von Niedereich. Wenn auch kein großes Geschäft zu machen ist, irgendetwas gibt es immer zu tun. Der Wirt passt hierher wie kein zweiter. Er kann mit den Leuten umgehen und weiß genau, wie er jeden Einzelnen anzufassen hat. Sie nennen ihn den ›roten Simon‹.«

»Weil er rote Haare hat?«

»Vielleicht hängt ihm auch die politische Färbung an. Ich weiß das nicht und kümmere mich auch nicht darum. Sie werden auch kaum etwas mit ihm zu tun bekommen. Außerdem ist das Wirtshaus viel zu weit vom Holzhof entfernt. Ich habe Sie heute nur hergebracht, damit Sie noch was zu Essen bekommen. Ich rechne damit, dass Theresa nichts daheim hat und vielleicht schon im Bett liegt.«

»Wer ist Theresa?«

»Meine alte Haushälterin auf dem Holzhof. Sie brauchen sich um die Verpflegung nicht zu kümmern, weil Sie Kost und Wohnung im Haus haben. Ist Ihnen das recht?«

»Es ist mir sehr angenehm!«

Der Wirt brachte das Essen. Es war eine Scheibe warmer Leberkäse mit Brot und Senf. Trotz ihres

Unbehagens verspürte Marlies riesigen Hunger, und so schmeckte ihr das Gericht ausgezeichnet.

Die beiden Torfstecher waren mittlerweile gegangen. Der Wirt hantierte hinter dem Schanktisch. Nur ab und zu warf er einen Blick hinaus zu den Gästen.

Daniel Janisch trank noch ein Glas Bier und bot auch seiner Begleiterin eines an, die aber dankend ablehnte.

Er zündete sich eine Zigarette an und bot auch ihr eine davon an. Aber auch hier schüttelte sie verneinend den Kopf.

Sie hatte noch ein paar wichtige Fragen an ihn: Wer außer ihr noch im Haus auf dem Holzhof wohnen und schlafen würde …

»Die Theresa und der alte Toni«, entgegnete er. »Beide sind schon über ein Jahrzehnt bei mir, und beide sind zuverlässige Leute.«

Sie war zufrieden …

Dann ging plötzlich die Tür auf und ein großer, kräftiger Mann in Jagdbekleidung trat in den Schankraum. In seinem graugrünen, etwas derben Loden mit großen Hirschhornknöpfen daran, an den Füßen feste Stiefel, auf dem Kopf einen verwitterten Filzhut mit einer Feder darauf und am Schulterriemen die Büchse, bot er eine beeindruckende Erscheinung. Sein Gesicht war von der Sonne tief gebräunt, und die harten, markanten Züge drückten einen herben Ernst aus. Sie wirkten sehr düster für diesen beim ersten Hinsehen sympathisch aussehenden Mann. Sein Alter mochte zwischen fünfunddreißig und vierzig Jahren liegen.

Daniel Janisch war bei seinem Eintreten gleich lebendiger geworden. Er hob sofort die Hand, um sich bemerkbar zu machen. »Ah! Herr Eichler! Heute noch unterwegs?«, rief er.

Der Jäger wandte sich dem Ecktisch zu, von dem der Zuruf kam. Aber sein Gesicht blieb verschlossen. Er zog höflich den Hut und grüßte. Dabei streifte sein Blick kurz, aber aufmerksam die Gestalt des fremden Mädchens.

Der Holzhändler rückte seinen Stuhl. »Setzen Sie sich ein wenig zu uns!«, forderte er den Jäger auf, der seine Flinte ablegte und den Hut an den Nagel hängte.

»Ich hatte eigentlich nicht die Absicht, länger zu bleiben«, entgegnete der Förster und strich die blonden Strähnen seines Haupthaares zurück. »Ich wollte nur sehen, wem der neue Wagen gehört, der vor der Tür steht. Ich wäre wirklich mit keinem Gedanken auf Sie gekommen, Herr Janisch! Ich gratuliere!«

Der Holzhändler lächelte geschmeichelt. »Danke! – Aber nun – setzen Sie sich her!«

Komisch, der Jäger blieb sehr zurückhaltend. Merkte das Herr Janisch nicht? Er setzte sich wohl hin, bestellte aber nur ein kleines Bier, als der Wirt auftauchte, um den neuen Gast zu bedienen.

»Zigarette?«, fragte Janisch und hielt ihm das gefüllte Etui hin.

Der Jäger lehnte ab.

»Sie befinden sich offenbar in keiner sehr guten Stimmung heute, Herr Eichler.«

Der Jäger zog die Augenbrauen hoch. »Ich habe heute ein paar verdächtige Spuren entdeckt, als hätte wieder einmal einer das Zucken im Finger gehabt ...«

»Sie meinen, dass gewildert wurde?«

»So etwas Ähnliches«, entgegnete der Jäger und schielte ein wenig nach dem Wirt am Schanktisch.

»Was Sie nicht sagen …«

»Ich werde den Burschen schon draufkommen.« Mit einer mürrischen Handbewegung wollte der Jäger das Thema abgeschlossen wissen. Er warf dem fremden Mädchen, das ihn ein wenig scheu und zurückhaltend betrachtet hatte, einen Blick zu. Sie wirkte etwas eingeschüchtert, wahrscheinlich von seiner zugegebenermaßen etwas ruppigen Art.

Marlies dagegen machte sich Gedanken, was er von ihr halten musste. Sie hatte keinen Zweifel, dass er bestimmt ein recht zweifelhaftes Bild von ihr hatte, da sie sich allein in Begleitung eines fremden Mannes mitten in der Nacht in so einer Kaschemme aufhielt. Er hielt sie womöglich für eine Prostituierte, die mit jedem Mann, der sie einlud, mitging. Warum sagte Herr Janisch denn nicht endlich, wer sie war?

Aber als hätte er ihre Gedanken erraten, begann der Holzhändler plötzlich sie vorzustellen: »Das ist übrigens meine neue Bürokraft, Frau Marlies Bernatzky, die ich heute erst mitgebracht habe.«

Der Jäger äußerte sich nicht. Er nahm wohl kaum Notiz davon.

Zu Marlies gewandt, fuhr Daniel Janisch fort: »Das ist der Jäger und Aufseher vom Hochfilz, Herr Viktor Eichler. Falls ihr beide euch einmal begegnet, solltet ihr wenigstens wissen, mit wem ihr es zu tun habt. Nicht wahr?«

Der Jäger kreuzte den Blick des Mädchens, ohne sich besonders beeindruckt zu zeigen.

»Sie wohnen auch hier am Moor?«, fragte sie, nur um etwas zu sagen.

»Nein, nicht am Moor, mein Haus steht tief drin im Moor«, entgegnete er und brachte dabei kaum seine Lippen auseinander.

Daniel Janisch versuchte eine Unterhaltung zu beginnen und kam auf die letzte große Herbstjagd zu sprechen, an der er als Gast teilgenommen hatte.

Aber der Jäger bleib einsilbig. Schließlich trank er sein Bier aus und legte ein Geldstück auf den Tisch. Dann stand er auf, hängte die Büchse um und griff nach seinem Hut. Mit einem kurzen »Gute Nacht!«, ging er hinaus.

»Er ist ein komischer Kauz«, erläuterte Janisch, als der Jäger gegangen war. »Schuld daran mag die Einsamkeit sein, in der er lebt, dort im Moor, wo sein Haus steht. Er hat seine alte, halb taube Mutter bei sich, die ihm den Haushalt führt. Hätte er nicht ab und zu mit den Torfarbeitern zu tun, würde er oft wochenlang keine menschliche Ansprache finden. Drum ist er wohl so geworden.«

»Warum hat er denn nicht geheiratet?«

»Seine erste große Liebe, die allerdings spät genug in ihm erwachte – denn der Mann ist heute Vierzig – ist eine Enttäuschung gewesen. Vielleicht konnte er sie nicht verwinden.«

»Die Frau hat ihn verlassen?«

»Nein, sie ist tot.«

»Tot? Wie kann man da von einer Enttäuschung sprechen?«

»Nicht ihr Tod hat ihn so bitter enttäuscht, sondern die Gerüchte, die nach ihrem Ableben in Umlauf kamen. Alles an ihr war Lüge gewesen, sogar der Name …«

Marlies schüttelte nachdenklich und verständnislos den Kopf.

»Wollen wir gehen?«, fragte der Holzhändler.

»Ich bitte darum!«

Daniel Janisch ging zum Schanktisch und rechnete mit dem Wirt ab.

Sie hatten noch ein ganzes Stück zu fahren. Der Holzhof des Daniel Janisch lag drunten in der Flussniederung, und die kleine, schmale Sandstraße, die sie jetzt benutzen mussten, war holperig und ausgefahren. Sie wurden im Wagen hin und her geworfen.

Zu beiden Seiten breitete sich das Hochmoor mit seinem Wildgestrüpp aus, das hauptsächlich aus Schilf und Rohr bestand. Fast unheimlich schauten die einzelnen Weiden und Erlen darüber hervor. Manchmal war es, als ginge ein Schrei über die Landschaft hin. Es konnte von einem Tier stammen, vielleicht von einem Vogel …?

»Es gibt noch Schlangen im Moor«, sagte Daniel Janisch plötzlich in das Schweigen. »Darauf müssen Sie achten, wenn Sie einmal hier wandern, besonders auf die Kreuzottern.«

Sie nickte nur dazu.

Das Gebirge war deutlich erkennbar. Schwarz und imposant ragte es am Horizont in den nächtlichen Himmel.

Das Mädchen schaute auf die von den Scheinwerfern grell beleuchtete Straße. Sie wand sich scheinbar endlos durch Filz und Gestrüpp.

Es war kein kleines Haus, das Daniel auf seinem Holzhof erbaut hatte. Gleich an der Einfahrt trat es einem schon hochgiebelig und mit steilem Dach entgegen. Es war in halb ländlichem, halb städtischem Baustil errichtet worden, der lange angefügte Schuppen, in dem die Geräte und Werkzeuge untergebracht waren, glich dem Anbau eines Bauernhauses.

Das Wohnhaus dagegen mit seinen großen Fenstern hatte ein modernes Gesicht. Es stand wohl auch noch nicht allzu lange. Die Fenster waren alle dunkel, im Erdgeschoss waren sogar teilweise die Läden geschlossen. Die Bewohner waren offensichtlich schon zu Bett gegangen …

Es war Marlies ziemlich unangenehm, jetzt in tiefer Nacht das fremde Haus zu betreten und vielleicht Kammer an Kammer bei Leuten zu schlafen, die sie noch gar nicht kannte.

Mit Unbehagen folgte sie dem Mann aus dem Wagen – und fuhr dann erschrocken zurück: Ganz in der Nähe des Hauses befand sich ein Zwinger, in dem ein unwahrscheinlich großer Hund untergebracht war. Sie hielt dieses Tier zunächst für ein Kalb, aber das böse Knurren, das alsbald zu hören war, belehrte sie eines anderen.

»Lieber Himmel!«, entkam es ihr. »Was ist das für ein Hund?«

»Eine Dogge«, entgegnete Janisch lachend. »Ein bisschen groß geraten – und sehr scharf. Ich habe für wahnsinnig viel Geld hier Holz gestapelt, und die unehrliche Menschheit würde sich kein Gewissen daraus machen, zuweilen ihren Eigenbedarf hier kostenlos zu decken. Da braucht man einen guten Wächter. Gelt, Marko!« Er griff durch die Drahtmaschen hinein in den Zwinger und klopfte der Dogge auf den Kopf.

»Aber wie denn, wenn der Hund im Zwinger ist? Oder wird er freigelassen?«

»Gewöhnlich besorge ich das selbst. Nur wenn ich nicht hier bin, lässt ihn der Toni, der ihn auch füttert, los. Sonst darf kein Mensch den Zwinger betreten.«

Daniel Janisch sperrte die Haustür auf, knipste das Ganglicht an und führte seine Begleiterin in eine behaglich eingerichtete Wohnstube.

»Wenn es Ihnen einmal in ihrem Zimmer nicht gefällt, steht Ihnen diese Wohnstube hier zur Verfügung, ich meine, an den Feierabenden oder an freien Tagen. Sie können hier lesen, Radio hören, Briefe schreiben, alles, was Sie wollen. Es wird Sie kaum jemand dabei stören. Höchstens, dass der alte Toni eine Weile schläfrig dasitzt, ehe er sein Bett aufsucht. Theresa hält sich meistens in der Küche auf. – Bitte, legen Sie ab und machen Sie sich's bequem! Ich will nur schnell Theresa aus dem Bett holen, damit sie ein Zimmer für Sie richtet.«

Dann ging er hinaus.

Marlies hatte nichts abzulegen. Sie hatte keinen Koffer. Was sie besaß, trug sie am Leib. Sie musste sich zuerst etwas Kleidung beschaffen, wenn sie nun endlich wieder einmal ein Gehalt bekam. Es fiel ihr ein, dass über die Bezahlung gar nicht gesprochen worden war. Sie hätte auch keine exakte Summe zu fordern gewagt, sie war ja heilfroh gewesen, als sie so unerwartet ein Unterkommen gefunden hatte. Hatte sie sich erst einmal eingearbeitet, würde Herr Janisch ihr bestimmt auch eine entsprechende Entlohnung gewähren …

Ach, wie war sie froh und glücklich, der Stadt und allen Menschen, die es so wenig gut mit ihr meinten, entronnen zu sein! Sicher ließ es sich hier auf dem Land am Rand des Moores leichter leben. Sie freute sich auf die Arbeit in einem Büro unter anderen Menschen. Ja, sie wollte neu anfangen mit ihrem Leben, alles zurücklassen und vergessen, was das Schicksal an Qualen und Grausamkeiten ihr bis heute zugedacht hatte. Sie wollte dem Mann, der sie auf der Straße aufgelesen hatte, Dank erweisen. Er sollte mit ihr zufrieden sein …

Vielleicht konnte sie ihn einmal bitten, ihr bei der Suche nach der verschollenen Schwester behilflich zu sein? Er würde es sicherlich tun, denn er kam weit im Land herum und zu vielen Menschen.

Sie unterbrach ihren Gedankengang, denn vor der Tür wurden Schritte laut. Herr Janisch kam zurück. Hinter ihm erschien eine ältere, hagere Frau. Sie trug ein einfaches Hauskleid, das sie offenbar nur schnell übergeworfen hatte, ohne es zuzuknöpfen. Auch die bereits grauen Haarzöpfe hatte sie nur schnell aufgesteckt. Man sah, dass sie aus dem Bett geholt worden war.

Die spitze, schmale Nase und das etwas vorgeschobene Kinn ließen auf ein energisches Wesen schließen. Mit rückhaltloser Neugier betrachtete sie das junge Mädchen.

»Pass auf, Theresa, was ich dir zu sagen habe«, begann der Holzhändler. »Das hier ist Frau Marlies Bernatzky. Sie ist unsere neue Bürokraft. Sie wird hier im Haus wohnen, schlafen und essen. Verstanden?«

Die Hauswirtschafterin nickte schweigend und betrachtete immer noch eingehend die fremde Erscheinung.

»Richte also ein Zimmer her, wo es sich gut wohnen und schlafen lässt!«, fuhr der Hausherr fast barsch fort. »Kochen brauchst du nichts mehr, denn wir haben unterwegs gegessen.«

Die Frau nickte abermals, und dann entfernte sie sich, um für die neue Hausgenossin ein Zimmer zu bereiten.

»Heute ist es zu spät, und ich nehme an, dass Sie sehr müde sind. Morgen werde ich Ihnen dann das Haus zeigen und Sie gleich ein wenig in Ihre Arbeit einführen. Vielleicht notieren Sie mir noch alle notwendigen Daten, damit ich Sie gleich morgen ordnungsgemäß beim Gemeindeamt von Niedereich anmelden kann. Haben Sie Papiere bei sich?«

Marlies hatte alle notwendigen Papiere dabei. Sie waren in einem Umschlag.

»Was ich noch sagen wollte: Wenn Sie etwas an Kleidung oder Wäsche benötigen, dann sagen Sie es mir! Ich bringe Ihnen alles aus der Stadt mit.«

Sie dankte ihm für seine Hilfsbereitschaft und schob energisch ihr Misstrauen beiseite, dass schon ein paar Mal in ihr aufsteigen wollte.

»Fahren Sie heute noch in die Stadt zurück?«, fragte sie.

»Nein. Ich habe noch im Büro zu tun. Es würde mir zu spät werden. Man kommt vor lauter Geschäfte kaum noch zur Ruhe und verliert dabei den Kontakt zur Familie. Leider! Aber was will man machen?«

Als die Haushälterin zurückkehrte, erhob Marlies sich gleich, um ihr zu folgen.

Auch Daniel Janisch stand auf. »Also – bis morgen! Schlafen Sie gut!« Er streckte ihr die Hand hin.

»Gute Nacht, Herr Janisch!«

Marlies folgte der alten Frau über die Treppe hinauf und wurde in ein freundliches Zimmer geführt, in dem sie schlafen sollte. Neben einem sauberen Bett fand sie einen großen Schrank darin, einen Tisch und einen Stuhl. Von der Decke strahlte ein helles Licht, und am Fenster hing ein langer Vorhang. Was wollte sie mehr?

Theresa blieb noch und kümmerte sich darum, dass sie sich in allem zurechtfand. Sie öffnete den Schrank und zeigte ihr, wo sie ihre Sachen unterbringen konnte, sie erklärte ihr, wie das moderne Fenster geöffnet und geschlossen wurde, sie unterrichtete sie über alles, und sie tat es nicht unfreundlich.

Marlies war ihr dafür dankbar.

»Wie bist du denn zu uns gekommen?«, fragte die Haushälterin. »Durch ein Zeitungsinserat oder über den Stellenmarkt?«

Marlies stieß sich keineswegs an dem »Du«, das ganz selbstverständlich gebraucht wurde. Auf dem Land war das ja so üblich …

»Nein«, entgegnete sie. »Es war reiner Zufall. Ich traf mit Herrn Janisch zusammen. Wir kamen ins Gespräch, und es ergab sich …«

»Hoffentlich gefällt es dir auch bei uns!«

»Daran habe ich keinen Zweifel. Der Eindruck, den ich gewonnen habe, ist sehr gut.«

»Aber es ist einsam hier, ringsum Moor und drunten der Fluss. Bis zum Dorf Niedereich ist es eine ganze Stunde zu gehen.«

»Daran werde ich mich gewöhnen.«

Die Frau machte ein ernstes Gesicht. »Du bist noch sehr jung – und schön bist du auch. Du hättest dich nicht bis hierher verschleppen lassen dürfen!«

»Verschleppen?« Dieses Wort traf Marlies wie ein Schlag ins Gesicht.

»Ich meine, du bist doch in der Stadt mehr zu Hause als hier. Gab es denn dort keine Arbeit für dich?«

»Sicher – aber ich bin nicht gern in der Stadt gewesen, vielleicht deshalb, weil ich auf dem Land geboren bin und meine Kindheit dort verbrachte.«

»So? – Das sieht man dir nicht mehr an!«, stellte die Alte unumwunden fest und betrachtete sie wieder von oben bis unten. »So schön wie du sind die Frauen hier nicht. Kein Wunder, dass unser Herr dich um sich haben will!«

Marlies horchte auf. »Was heißt das, Theresa?«

Die Haushälterin grinste. »Du brauchst nicht gleich stutzig zu werden. Ich wollte dir nur sagen, dass du dich in Acht nehmen sollst mit deiner Schönheit. Es kann schon sein, dass unser Herr Gefallen an dir findet, und das wäre kein Glück für dich!«

»Er ist doch verheiratet, Theresa! Wie kann man da an so etwas denken?«

»Oh, das ist kein Grund, sich vor einem Mann sicher zu fühlen! Bei Daniel Janisch schon gar nicht! Er kümmert sich wenig um seine Familie!«

»So?«

»Das wollte ich dir sagen, damit du weißt, woran du bist. Ich kenne Herrn Janisch schon lange, und ich kenne ihn gut.«

Marlies beobachtete das harte, kantige Gesicht der Alten. Es war wenig Wärme und Herzlichkeit darin zu finden. Und dennoch hatte Marlies das Gefühl, dass sie es ehrlich und gut mit ihr meinte. »Ich danke dir, für diese Warnung, Theresa!«, sagte sie.

Die Haushälterin ging jetzt zur Tür. »Dann schlaf gut!«

»Wart noch, Theresa!«, hielt Marlies sie zurück. »Ich wollte dich noch fragen, was mit dem großen Hund ist. Man muss sich ja vor ihm fürchten!«

»Hast du ihn gesehen, den Marko? Er ist ganz auf den Herrn dressiert und duldet sonst keinen

Menschen um sich. Nicht einmal mich. Füttern darf ihn nur der alte Toni, das ist unser Hausmeister. Ihm tut der Hund nichts. Aber du brauchst nichts zu befürchten, untertags ist der Hund in seinem Zwinger. Nur in der Nacht läuft er frei herum. Es ist wegen den Einbrechern und Holzdieben. Es ist schon viel bei uns gestohlen worden.«

Damit gab sich Marlies zufrieden. Aber sie hatte noch etwas auf dem Herzen: »Da war die Rede von einer jungen Buchhalterin, die im Moor umgekommen sein soll …«

»Ja, das stimmt. Es war vor drei Jahren. Die Martina war auch so ein junges und hübsches Mädchen wie du.«

»Martina?«

»Ja, so hat sie geheißen.«

»Wie noch?«

»Lenz – Martina Lenz. Sie kam aus der Stadt zu uns. Wir haben sie sehr gern gehabt, denn sie war lustig und fleißig. Dann aber hat sie mit dem Jäger vom Hochfilz eine Liebschaft angefangen. Das hat unserem Herrn nicht gefallen.«

»Und weiter?«

»Man hat sogar schon davon gesprochen, dass die beiden heiraten würden …«

»Warum denn nicht? Warum sollten sie nicht heiraten, wenn sie sich liebten?«

»Die Martina war ein armer Teufel, und der Jäger besaß auch nicht recht viel …«

»Er hatte seine Wohnung und seinen Verdienst!«

»Das schon – aber junge Damen stellen höhere Ansprüche an das Leben. Es kann schon sein, dass unser Herr ihr zu viel Vertrauen in den Geldsachen schenkte. Eines Tages war sie verschwunden. Unbemerkt hatte sie in der Nacht das Haus verlassen. Da aber der Herr in dieser Nacht noch eine dringende Sache zu erledigen hatte, wozu er die Buchhalterin benötigt hätte, wurde ihre Flucht bald bemerkt.

Man ging davon aus, dass sie ihren Weg durch das Moor zum Haus des Jägers genommen hatte. Man hetzte den Hund auf ihre Spur, und das Tier fand sie auch. Sie lag tot im Sumpf und war im Schlamm erstickt. Die Nachforschungen ergaben, dass sie eine große Summe Geld veruntreut hatte, die nicht mehr aufzufinden war.«

»Was sagte der Jäger dazu?«, wollte Marlies wissen.

»Der? – Wie sollte man von ihm etwas erfahren! Wer den Jäger vom Hochfilz kennt, der erwartet von ihm keine Erklärung. Er ist ein Holzfuchs – und seit dem Tod des Mädchens ist er noch verschlossener als früher. Er glaubt nicht an den Diebstahl und wohl auch nicht an einen Unfall. Vielmehr vermutet er ein Verbrechen, das an dem Mädchen geschehen ist.«

»Ein Verbrechen? Du meinst, dass sie ermordet wurde?«

Die Alte zuckte mit den Schultern. »Ich weiß, du regst dich jetzt auf. Ich hätte dir die Geschichte nicht erzählt, wenn du mich nicht gefragt hättest. Denke jetzt nicht zu viel darüber nach! Daran lässt sich nichts mehr ändern.« Die Haushälterin ging.

Marlies fröstelte. Es wurde kühl im Zimmer. Am offenen Fenster wehte der Vorhang. Es musste Wind aufgekommen sein. Vielleicht gab es ein Gewitter.

Sie löschte das Licht und schob den Vorhang am Fenster zurück, um einen Blick in den Hofraum hinabzuwerfen. Aus der Stille des Hauses hörte sie immer noch Schritte. Es war Theresa, die noch irgendwo herumgeisterte.

Der schmale, grelle Lichtstreifen, der weit in den nächtlichen Hofraum hinausfiel, verriet, dass noch jemand im Haus wach war. Vielleicht kam das Licht aus dem Büro, wo Herr Janisch saß und arbeitete.

Am Zwinger war die Tür auf. Von dem Hund war zunächst nichts zu sehen. Erst später entdeckte sie ihn, als er langsam, die Erde beschnuppernd, über den Hof lief. Er wirkte bedrohlich und unheimlich. Sie hatte plötzlich das Gefühl, dass dieses Tier nicht nur das Haus und den Holzhof vor Dieben und Einbrechern zu schützen hatte, sondern auch die Leute, die das Haus bewohnten, am Fortgehen hindern sollte.

Dann freilich bedeutete ihr Einstand in diesem Haus so viel wie das Betreten eines Gefängnisses, aus dem es kein Entrinnen mehr gab.

Bei diesem Gedanken erschauerte sie. Sie schloss das Fenster und zog den Vorhang zu. An der Tür drehte sie zweimal den Schlüssel herum und drückte die Klinke, ob auch wirklich abgesperrt war.

Als sie im Bett lag und über alle Erlebnisse und Begegnungen dieses Tages nachdachte, kam ihr der Jäger vom Hochfilz in den Sinn. Sie fühlte wieder seinen eigentümlichen, fast mitleidvollen Blick auf sich ruhen, den er ihr im Wirtshaus »Mooshäusl« ein paar Mal zugeworfen hatte. Sein düsteres, unwirsches Gesicht, seine robuste, wetterfeste Gestalt, sein Schweigen, als hätte er für alle Vorgänge in der Welt nur ein geringschätzendes Achselzucken, das alles machte ihn ja eigentlich unsympathisch. Und doch – wenn sie sich nun an den Mann erinnerte – wollte er ihr in einem ganz anderen Licht erscheinen. Sie hatte jetzt erfahren, dass er in dem Mädchen, das im Sumpf umkam, seine Geliebte, ja sogar seine Braut verloren hatte. Man hatte diesem Mädchen nachgesagt, dass es Geld veruntreut hätte.

Aber der Jäger hatte es nicht geglaubt …

Diese Haltung imponierte ihr. Er war zweifellos ein seltsamer Mann, dieser Jäger vom Hochfilz. Sie musste immerfort an ihn denken. Und sie war froh, dass er hier irgendwo in der Nachbarschaft lebte, wenn sie auch nicht wusste, warum sie das als tröstlich empfand.

Es war still geworden im Haus. Im Fenster spiegelte sich immer noch der Lichtschein, der drunten aus dem Büro oder aus sonst einem Raum in die Nacht hinausfiel. Daniel Janisch schien immer noch zu arbeiten.

Ab und zu war ein leises Rascheln um das Haus. Das war wohl der Hund, der draußen herumschlich.

Übermüdet schlief Marlies schließlich ein.

2

Viktor Eichler, der Jäger vom Hochfilz, schritt langsam über das weite, nächtliche Hochmoor hin. In den Erlen und im Rohr raschelte der Wind, der plötzlich aufgekommen war und über dem Gebirge dunkle Wolken vor sich hertrieb.

Die Schritte des Jägers dröhnten hohl auf dem trockenen, federnden Erdreich. Der Weg, so verschlungen und verwachsen er war, bereitete ihm keinerlei Schwierigkeiten, auch jetzt in der Nacht nicht. Er war mit dem Niedereicher Hochfilz vertraut wie mit dem eigenen Hausgarten. Er war hier geboren und aufgewachsen, denn sein Vater war schon Jäger und Aufseher vom Niedereicher Hochfilz gewesen, bis er eines Tages der Kugel eines Wildschützen zum Opfer fiel.

Man hatte den Mörder nie geschnappt, obwohl ein starkes Polizeiaufgebot die ganze Gegend durchkämmt hatte. Denn Herr Heinrich, der Besitzer der vereinigten Papierfabriken und Arbeitgeber von Viktors Vater, hatte keine Kosten gescheut, das Verbrechen aufzuklären und zu rächen.

Das war vor rund fünfzehn Jahren passiert. An die Stelle des Vaters trat daraufhin der Sohn als Jäger vom Hochfilz. Damit wurde wenigsten erreicht, dass die Witwe das Haus nicht verlassen musste.

Fünfzehn Jahre war Viktor Eichler also nun schon Jäger und Aufseher vom Niedereicher Hochfilz. Er lebte heute noch als Junggeselle mit seiner alten Mutter im Jägerhaus zusammen. Es ging ihnen gut. Viktor Eichler liebte seine Arbeit und erledigte gewissenhaft alle seine Aufgaben. Er wurde dafür von seinem Herrn gut entlohnt und genoss sein ganzes Vertrauen.

Viele Jahre war nichts mehr von Wilderei zu spüren. Man wollte schon glauben, der Wildschütz und Mörder von damals habe sich aus dem Staub gemacht oder wäre vielleicht inzwischen gestorben. Man musste sich damit abfinden, dass die Tat unaufgeklärt bleiben würde, auch Viktor, der Sohn des Ermordeten.

Und da stieß er plötzlich auf neue Spuren von Waldfrevel …

Vor ein paar Tagen bereits hatte er ein waidwund geschossenes Rotwild verendet aufgefunden. Heute stieß er auf das zerrupfte, blutige Gefieder eines Birkhahns.

Da lebte die Spannung wieder auf, ganz plötzlich und so gewaltig, dass der Jäger vom Hochmoor sich alle zurückliegenden Geschehnisse aus seiner Erinnerung wieder ins Bewusstsein rief und von neuem die menschlichen Gestalten und Gesichter vor sich sah, die ihm hier in diesem einsamen Land auf seinen Wegen begegnet waren und noch begegneten. Er unterzog das halbe Dutzend Männer, die unter der schwülen, drückenden Sonne im Torfstich arbeiteten, in Gedanken einer eingehenden Prüfung und Untersuchung. Es waren Leute mit mürrischen, verschlossenen Gesichter, die mit ihrem Dasein durchaus nicht zufrieden waren. Aber er konnte nicht glauben, dass einer von ihnen dem Wildfrevel verfallen war.

Wer war sonst noch da? Der rote Simon, der Wirt vom »Mooshäusl«, der so ein heimtückischer Kauz war und den Eindruck erweckte, als hielte er es mit der Ehrlichkeit nicht allzu sehr. Aber es ging ja nicht allein um den Wilddiebstahl, sondern um einen Mord, der vor fünfzehn Jahren geschehen war. Das war dem roten Simon wohl nicht zuzutrauen. Ebenso wenig dem Samenter, der drüben im Filz in einer halb verfallenen Hütte hauste ...

Weiß Gott – Viktor Eichler, der Jäger vom Hochmoor, brachte den Gedanken nicht los, dass der unselige Tod des Mädchens Martina Lenz, dem er mit seiner ganzen Liebe zugetan war, mit dem Wildfrevel und vielleicht sogar auch mit dem Mord an seinem Vater zusammenhing. Er hatte schon einmal gedacht, dass Martina vielleicht durch Zufall diesem unheilvollen Spuk auf die Spur gekommen war und darum sterben musste, bevor sie etwas aussagen konnte.

Ja, man hatte ihr nachgesagt, dass sie eine Menge Geld veruntreut habe, das nicht mehr aufgefunden werden konnte. Daniel Janisch hatte es behauptet, er ließ sogar einen Revisor kommen und erstattete Anzeige ...

Eine Tote kann sich nicht wehren, man konnte ihr alle Verfehlungen nachsagen. Er, Viktor Eichler, hatte nicht daran geglaubt. Keine Anschuldigung konnte ihm die schmerzhafte Erinnerung an dieses Mädchen trüben. Er glaubte nicht an den tödlichen Unfall, noch weniger an den Freitod, der ihr ebenfalls nachgesagt wurde. Er war und blieb überzeugt, dass Martina einem ebenso gemeinen wie brutalen Anschlag zum Opfer gefallen war, wie auch sein Vater damals.

Und wenn es so war, dann lief der Mörder noch frei herum …

Daniel Janisch hatte eine neue, junge Buchhalterin aus der Stadt mitgebracht. Damit hatte er die Martina einfach ersetzt, für ihn war das Thema damit abgeschlossen.

Und je mehr Viktor Eichler sich mit diesen Dingen auf seinem nächtlichen Heimweg beschäftigte, desto seltsamer kam ihm alles vor. Er hatte dem fremden Mädchen zu wenig Beachtung geschenkt, um sagen zu können, welchen Eindruck sie auf ihn gemacht hatte. Lieber Gott, was liefen heute nur für Menschen herum! Daniel Janisch fragte nicht danach, von woher seine Bürokraft kam und welche Vergangenheit sie hatte. Sie brauchte vermutlich in der Arbeit keineswegs besonders tüchtig zu sein, aber jung und schön musste sie sein. Womöglich wollte er sich mit ihr amüsieren und dadurch die Trennung von seiner Frau und Familie kompensieren. Aber wer wusste das schon? Die wenigen Menschen, denen das skrupellose Leben des Holzhändlers bekannt war, glaubten nicht daran, dass er wirklich schlecht sei, oder sie waren irgendwie von ihm geschäftlich oder finanziell abhängig und trauten sich nicht, es offen auszusprechen. Auch der Fabrikbesitzer Heinrich schien ihn für einen ehrenhaften und geschäftstüchtigen Mann zu halten, sonst hätte er ihn nicht als seinen Freund und Nachbarn angesprochen und ihn zur Jagd eingeladen.

Aber Viktor Eichler, der Jäger vom Hochmoor, kannte diesen Mann, und er wusste von seiner Skrupellosigkeit. Er hatte genug von Martina zu hören bekommen …

Der Jäger blieb stehen. Mit einem Griff hatte er seine Flinte von der Schulter gerissen.

Irgendwo waren Schritte zu hören. Sie kamen aus dem Wildgestrüpp, das dicht und fast mannshoch über der Erde wucherte. Dahinter lauerten die Tümpel und Sümpfe.

Die Schritte kamen näher und aus dem Gestrüpp tauchte eine männliche Gestalt auf, groß, hager, in abgetragener, am Körper schlotternder Kleidung.

Der Jäger ließ seine Taschenlampe aufflammen. Er leuchtete dem Mann in das ungepflegte, eingefallene Gesicht mit den Bartstoppeln. »Samenter!«, rief er. »Was geisterst du hier herum? Wo kommst du her?«

Der zerlumpte Mann war unter dem plötzlichen Anruf stehen geblieben und blinzelte nun geblendet in das Licht der Taschenlampe.

Der Jäger stellte fest, dass Samenter nichts bei sich hatte. Seine Hände hatte er in die Taschen seiner weiten Hose versenkt.

»Ich war drunten am Fluss«, entgegnete er nach einigem Zögern. »Tu dein Licht weg, es blendet mich.«

Viktor Eichler knipste seine Lampe aus. »Was hast du denn so spät am Fluss zu tun?«

»Es ist heute eine Trift angeschwemmt worden für den Holzhof. Wir sind nicht früher damit fertig geworden.«

»Aber wieso machst du dann den Umweg über das Moor, Samenter, und das in letzter Zeit öfter als mir lieb ist.«

»Warum? Stört es dich?«

»Zurzeit schon. Man könnte denken, dass du ein Tier waidwund geschossen und dann elendiglich verenden hast lassen – um es ein paar Tage später wegzuholen ...!«

Der Samenter stutzte, ließ aber dann ein meckerndes Lachen hören. »Du machst nette Witze!«

»Es ist genauso wenig ein Witz, wie der gemeine Mord an meinem Vater damals, Samenter. Und wenn du noch länger darüber lachst, kann es dir passieren, dass ich dir meine Flinte um die Ohren schlage!«

»Das hört sich ja an, als würdest Du mich verdächtigen, deinen Vater umgebracht zu haben!«

»Dein Aussehen ist auch danach, Samenter! – Vielleicht hat man es damals versäumt, deine Hütte drüben auf den Kopf zu stellen. Wer weiß, was man dabei alles gefunden hätte!«

Abermals schien Samenter stutzig zu werden. »Jetzt glaube ich doch, dass bei dir ein Spatz im Kopf genistet hat, Viktor! Willst du damit sagen, dass ich ein Raubschütze bin?«

»Auf alle Fälle bist du ein Lump!«

Der Samenter lachte boshaft. »Ein Lump, wie sie in jedem Dorf herumlaufen und an ihrem Sack voll Not schleppen! Aber glaub mir, Viktor, das sind lauter kleine Gauner, nur erkennt man sie leicht und traut ihnen alles Böse zu. Die großen Lumpen, das sind die mit den schweren Geldsäcken, die bleiben dagegen ungeschoren von Verdacht und Anklage. Es würde dir und keinem anderen Menschen einfallen, zu überlegen, ob nicht doch der Fabrikbesitzer Heinrich deinen Vater erschossen hat! Oder?«

Viktor Eichler maß die heruntergekommene Gestalt des Moosbauern von oben bis unten. »Nein«, sagte er dann. »Der Fabrikbesitzer Heinrich wird nicht seinen eigenen Jäger umbringen!«

»Nein, das tut er bestimmt nicht. Aber ich könnte es getan haben. Warum auch nicht? Ein armer Teufel wie ich könnte wirklich einmal in Versuchung kommen, ein Stück Rotwild im Filz zu jagen, wenn man gerade nichts zu essen hat. Man wird dabei vom Jäger gestellt und weiß dann im Augenblick nichts Besseres zu tun, als ihn kurzerhand niederzuknallen, um sich der Strafe und der Schande zu entziehen. So oder so ähnlich hast du all die Jahre kombiniert. Ich weiß schon, dass du den Verdacht gern auf mich lenken möchtest. Du traust mir nur die Tat nicht zu, weil ich eben nur ein kleiner Gauner bin. Ist es nicht so?«

Der Jäger war platt. Ihm blieb die Antwort in der Kehle stecken.

Der Mösler lachte wieder meckernd. »Ebenso wenig würde dir einfallen, Daniel Janisch, den Holzhändler en gros, zu verdächtigen, dass er seine junge Buchhalterin in den Sumpf gestoßen hat. Oder doch? Vielleicht, weil sie ihn um viel Geld betrogen hat?«

Der kräftige, robuste Jäger packte den Samenter an der Brust und schüttelte ihn so heftig, dass er fast aus dem Gewand fiel. »Kerl! Du sollst mich nicht auch noch verhöhnen!«, rief er.

Der Mösler schwieg. Er spürte, dass er im Augenblick nichts mehr sagen durfte, was diesen bärenstarken Mann reizte. Er wollte nicht unbedingt unter seine Fäuste geraten, und er war froh, als Viktor ihn wieder losließ und von sich stieß.

»Samenter – ich weiß, dein Geheimnis, das du aus der ganzen Geschichte gemacht hast, hat dich in ein schiefes Licht gebracht. Ich verzichte darauf, hinter deine Gedanken zu kommen, und was du sagst, ist eh nur gelogen. Ich kann dir nicht verbieten, den Filz und das Moor zu betreten, aber lass dich nur nicht zu ungelegener Zeit erwischen! Hör also auf damit, dich wie ein nächtlicher Spuk im Hochmoor herumzutreiben – und denke ja nicht, dass ich dir glaube, wenn du mir sagst, du hättest bis jetzt am Fluss gearbeitet und das Triftholz abgefangen. Solange das Kreuz mit der verlogenen Aufschrift im Schilf steht, werde ich jeden verdächtigen, der sich zu ungewöhnlicher Zeit hier herumtreibt! Verstehst du, Samenter?«

Der Mösler schwieg. Seine Augen flackerten.

»Man sagt, dass es den Verbrecher mit unwiderstehlichen, geheimnisvollen Kräften an den Ort der Tat zurückzieht. Drum nimm dich in Acht, Samenter!«

Der Jäger ging weiter, ohne sich weiter um den Mann zu kümmern.

Obwohl es sehr spät geworden war und der Himmel sich überzogen hatte, war es keine finstere Nacht. Man konnte ein weites Stück sehen. Das machte wohl der Mond, der jetzt über das Gebirge heraufgekommen war und versteckt hinter den Wolken ein diffuses Licht verbreitete. Dann und wann zuckte am nächtlichen Himmel Wetterleuchten auf. Gespenstig ragten einzelne Bäume aus dem Moor hervor. Manchmal war ein geheimnisvolles Rascheln irgendwo in der Nähe, wenn ein Tier vor dem Schritt des Jägers flüchtete. Von der Niederung herüber vernahm man das Rauschen des Flusses, der dort über ein Wehr sprang.

Der Weg führte mitten durch die Tümpel und Sümpfe. Oft lauerte die Gefahr ganz verräterisch hinter einem unscheinbaren, kriechenden Gesträuch.

Manchmal führte ein kleiner Steg über einen abgründigen Tümpel hinweg.

Man musste also schon mit diesem Gebiet vertraut sein, wenn man so flott darüber hinwegschreiten wollte, wie der Jäger vom Hochmoor.

Später aber bleib er stehen und schaute über das Schilf hinweg auf ein schwarzes, einfaches Holzkreuz, das dort herausragte.

Hier war es gewesen, wo die junge, unglückliche Martina den Tod gefunden hatte, nachdem sie fast zwei Jahre hier gelebt und für Janisch gearbeitet hatte. Man hatte behauptet, dass sie während der Nacht aus dem Haus geflohen war, um sich der Verantwortung über veruntreute Gelder zu entziehen. Kein Mensch hatte damals für dieses Mädchen eine Lanze gebrochen, obwohl niemand sie eines solchen Betruges für fähig gehalten hatte. Niemand fragte sich, warum Martina den Weg durch das gefährliche, nächtliche Moor gewählt hatte. Sie hätte ihre Flucht doch wesentlich leichter und schneller betreiben können, wenn sie auf der festen Straße davongelaufen wäre. Daran dachte anscheinend niemand.

Man wollte nicht glauben, dass sie damals zu ihm ins Jägerhaus hatte fliehen wollen, um von ihm Hilfe zu bekommen in schwerster Bedrängnis. Hätte sie das getan, wenn ihr Gewissen von Schuld beladen gewesen wäre? Sie hatte gewusst, dass er sie liebte und dass er ihr vertraute und glaubte. Er allein …

Viktor Eichler dachte daran, wie er Martina das erste Mal begegnet war. Sie waren auf dem Rückweg vom sonntäglichen Gottesdienst gleich am Ausgang des Dorfes zusammengetroffen. Er hatte sie zuerst recht misstrauisch betrachtet und hatte weitergehen wollen. Was ging ihn dieses fremde Mädchen an, das außerdem so viel Stadtgeruch an sich hatte, dass er sich daneben ausnahm wie ein Ackergaul vor einer Herrschaftskutsche.

Aber sie hatte ihn ganz couragiert und freundlich angesprochen.

Später hatte er immer wieder einmal ihren Weg gekreuzt, und bald konnte man von keinem Zufall mehr sprechen. Sie suchten einander und warteten aufeinander, sie fanden Gefallen aneinander.

Sie vertraute ihm ihre Lebensgeschichte an.

Und einmal nahm er sie mit heim zu seiner Mutter …

Ob die Mutter ihr dasselbe Vertrauen schenkte? Sie sagte nichts.

Und dann war es ihm, als wäre Martina seltsam bedrückt. – Hatte sie ihm doch etwas Belastendes aus ihrer Vergangenheit verschwiegen? Fürchtete sie, er könnte ihr sein Vertrauen entziehen, wenn er die volle Wahrheit erfuhr?

Sie trafen sich seltener. Er hatte das Gefühl, als ginge sie ihm absichtlich aus dem Weg.

Einmal fragte sie ihn, was er wohl von ihr denken würde, wenn sie eines Tages von hier davonlaufen würde.

»Warum willst du das tun?«

»Das könnte ich dir erst verraten, wenn ich von hier fort bin, ganz weit fort. Ich würde es dir schreiben.«

Das waren seltsame Reden …

Und dann wurde sie tot im Sumpf gefunden. Die einen behaupteten, sie hätte ihrem Leben selbst ein Ende gesetzt, andere wieder glaubten, dass sie in der Nacht vom Weg abgekommen und in den Sumpf geraten sei. Und dann tauchten die Gerüchte auf, dass sie gestohlen habe.

»Siehst du?«, sagte seine Mutter darauf. »Man kann sich in den Menschen täuschen. Es würde mir Leid tun um dich, wenn du darüber den Kopf hängen ließest.«

Er glaubte den Gerüchten nicht. Aber er schwieg und litt.

Oft schaute er über den Platz hin, wo sie tot aufgefunden worden war. Wenige Tage nach dem Unglück waren schon alle Spuren verwischt gewesen, auch die letzten – es waren Spuren eines Kampfes, der stattgefunden hatte.

Er hatte seine Entdeckung einem Beamten der Untersuchungskommission mitgeteilt, aber die Antwort darauf war nur ein mitleidiges Lächeln gewesen.

Man hatte von ihrer Mutter, die in ärmlichen Verhältnissen lebte und zwei kleine Zimmer eines Hinterhauses in der Stadt bewohnte, die Mitteilung bekommen, dass sie auf die Überführung ihrer Tochter verzichte, da sie arm wäre und die Kosten hierfür nicht bezahlen könne. Außerdem habe ihr die Mutmaßung einer Veruntreuung einen gesundheitlichen Schock versetzt …

Konnte eine Mutter so kalt darüber hinweggehen und die eigene Tochter verdammen?

Martina wurde in einem Armengrab des Friedhofes zu Niedereich bestattet …

Nur das einfache Holzkreuz erinnerte noch an sie. Daniel Janisch hatte es anbringen lassen, obwohl sie ihn ja bestohlen haben soll.

Viktor Eichler ging weiter durch die Nacht. Er wusste nicht, warum er gerade heute so lebhaft an diese Dinge denken musste. Vielleicht weil ihm dieser Samenter zu so ungewöhnlicher Zeit über den Weg gelaufen war? Oder weil er dieser Tage ein paar Spuren von Wildfrevlern gefunden hatte? Oder aber auch, weil heute alles wieder in ihm lebendig geworden war, was wie ein schwere, dunkle Gewitterwolke über seinem Leben lag? Der Mord an seinem Vater – und der unglückliche Tod Martinas …?

Nein – jetzt wusste er es auf einmal: Daniel Janisch, der Holzhändler en gros, hatte eine neue, junge Buchhalterin mitgebracht. Er hatte sie beim roten Simon mit so viel Fürsorge bewirtet, als wollte er sich ihr als aufmerksamer, besorgter Chef zeigen.

Warum hatte er sie nicht einfach von seiner Haushälterin bewirten lassen? War es ihm schon zu spät dazu gewesen?

Viktor Eichler versuchte sich das Gesicht des Mädchens in Erinnerung zu rufen. Aber es gelang ihm nicht. Er hatte zu wenig darauf geachtet und ärgerte sich jetzt darüber.

Aber warum? Konnte es ihm nicht gleichgültig sein, welches Frauenzimmer Janisch da wieder aufgelesen hatte?

Schon von fern sah er das Licht aus der Stube seines Hauses in die Nacht schimmern. Die Mutter war also noch auf. Vielleicht hatte sie ihm noch etwas aufzutragen, denn morgen musste er noch in die Stadt, um die Lohngelder für die Torfstecher und Moorarbeiter zu holen. Eigentlich müsste er seinem Herrn Bericht erstatten über den Frevel, der im Jagdgebiet aufgedeckt worden war. Aber er hatte keine Lust dazu. Das nächste Mal würde er ihm Bescheid sagen, wenn sich diese Ereignisse wiederholen sollten.

Der Samenter war gewarnt – dem roten Simon wollte er dasselbe sagen. Wer kam außerdem noch in Frage?

Mit fast wütendem Schritt betrat er die Stube.

Die Mutter saß unter der Lampe am Tisch und wickelte die Wolle ab, die sie über die Stuhllehne gehängt hatte. Sie arbeitete trotz ihres Alters noch ohne Brille, ihre Augen waren klar und scharf. Ihre hagere, knöcherne Gestalt verriet, dass sie noch gesund und rüstig war.

Nur das Gehör ließ seit einigen Jahren nach. Man konnte sich nur noch schreiend mit ihr unterhalten.

Vielleicht hatte sie es am Luftzug gemerkt, dass die Tür aufgegangen war, denn sie schaute von ihrer Arbeit hoch. »Bist endlich da?«, sagte sie nur und setzte ihre Arbeit fort.

Viktor legte die Büchse ab und befreite sich von seiner Ausrüstung. Er warf einen Blick auf die Uhr. »Magst du nicht ins Bett gehen, Mutter?«, rief er. »Es ist schon spät!«

»Ich hab's gleich«, antwortete die schwerhörige Alte in der gleichen Lautstärke.

Während sie weiter wickelte, trat der Sohn vor den altertümlichen Schrank, sperrte die Tür auf, zog eine Schublade heraus und nahm alle Papiere an sich, die er morgen in der Stadt brauchte.

»Du musst morgen in die Stadt?«, fragte die Mutter.

»Ja – brauchst du etwas?«

»Beim Solleder solltest du einen Strang schwarze Wolle mitnehmen. Sie reicht nicht ganz.«

»Jawohl, Mutter, ich werde sie dir besorgen«, antwortete Viktor laut.

»Und vergiss nicht, Herrn Heinrich zu sagen, dass die junge Frau vom Heilberger Franz vorgestern Zwillinge geboren hat!«

»Das habe ich ihm heute schon gesagt.«

»War er denn da?«

»Ja, ganz kurz nur. Ich hab ihn am Torfstich getroffen.«

Die Alte nickte und wickelte weiter.

Viktor Eichler kramte noch eine Weile in den Schubladen herum, als suche er nach etwas, das er nicht finden konnte. Er zog Schublade um Schublade heraus und schaute schließlich in die Kassette, wo er die Lohngelder aufzubewahren pflegte.

Die Mutter war mittlerweile fertig geworden mit der Wolle, und sie legte das Knäuel beiseite. »Suchst du etwas?«, fragte sie und kam näher.

»Ja, eine Adresse.«

»Welche Adresse?«

»Von Martinas Mutter.«

»Wie?«

»Die Adresse von Martinas Mutter«, wiederholte Viktor lauter. »Ich habe sie irgendwo hier hineingelegt.«

»Dann muss sie ja da sein. Ich habe nichts weggetan.«

Viktor schaute weiter. Er wurde nervös.

»Wozu brauchst du die Adresse?«

»Ich will die Mutter aufsuchen.«

»Wozu?«

»Weil ich mir diese Frau anschauen will«, schrie Viktor.

Die Alte schüttelte verständnislos den Kopf, als zweifele sie an seinem gesunden Verstand.

»Ich versteh dich nicht!«

Der Jäger warf die Schriftstücke durcheinander – und fand endlich das Gesuchte. Langsam räumte er die Schubladen wieder ein und sperrte den Schrank ab. »Was willst du denn dort?«, fragte seine Mutter.

»Ich hab dir doch schon gesagt, dass ich mir diese Frau anschauen will.«

»Was hast du davon?«

»Ich habe mich heute gefragt, wie muss diese Mutter aussehen, die nicht einmal die Leiche ihres Kindes heimholt?«

»Sie ist arm. Eine Überführung kostet viel Geld! Und dann …«

»Und dann …?« Der Jäger schaute seine Mutter mit einem stechenden Blick an.

Sie schwieg.

»Mutter, angenommen, ich wär irgendwo auswärts im Dienst, und eines Tages würde man dir mitteilen, dass ich tödlich verunglückt bin, was würdest du tun?«

»Lieber Gott! Was redest du da!«

»Was würdest du tun?«, wiederholte er eindringlicher. »Würdest du es zulassen, dass sie mich irgendwo in einem Armengrab verscharren? Oder würdest du mich heimholen?«

»Ich würde natürlich alles versuchen, dich hierherzuholen!«

»Auch, wenn man mir nachsagen würde, ich hätte mit meinem Leben Schluss gemacht – oder gar, dass ich einen schlimmen Betrug begangen und mich der Verantwortung entzogen hätte?«

»So etwas würdest du nicht tun!«

»Und wenn es alle behaupten würden, dass ich es getan habe?«

»Dann würde ich es nicht glauben.«

»Siehst du! – Und diese Mutter hat es geglaubt, dass ihre Tochter gestohlen und betrogen hat. Sie hat geglaubt, dass ihr Kind selbst Hand an sich gelegt hat und aus Feigheit aus der Welt floh. Sie ist nicht einmal zum Begräbnis gekommen! Sie hat sich nicht darum gekümmert, wohin man ihr totes Kind gelegt hat! Schau, diese Mutter muss ich sehen, und deshalb suche ich sie auf!«

»Was hast du davon?«

»Die Gewissheit, dass ich wenigstens dieses eine noch für Martina getan habe.«

»Bist du immer noch von ihrer Unschuld überzeugt?«

»Heute noch mehr denn je!«

»Heute? – Wie kommt das?«

»Man hat manchmal Schuppen vor den Augen, Mutter, man möchte sehen und kann es nicht. Auf einmal aber fallen diese Schuppen ab, und dann sieht man alle Dinge klar und deutlich, so dass man direkt nach ihnen greifen kann. Und das ist mir heute passiert.«

Das verstand die Frau nicht und schaute ihn hilflos an.

»Ich bin zu der Überzeugung gekommen, dass unser Nachbar, Herr Janisch, ganz erbärmlich gelogen hat. Und dieser Lüge will ich nachgehen!«

»Um Gottes willen! Das darfst du nicht tun! Daniel Janisch ist der Freund des Herrn Heinrich! Willst du deine Stellung verlieren?«, rief die Alte entsetzt.

»Du ängstigst dich zu früh, Mutter. Noch ist es nicht so weit, ich falle nicht mit der Tür ins Haus, zuerst muss ich den Beweis haben. Ein Lügner aber, der einen Menschen selbst über den Tod hinaus um seine Ehre bringt, der muss entlarvt werden, gleichviel wer er ist und was er hat. Ein kleiner Mann wird selbst für kleinste Gaunereien eingesperrt, und die Großen lässt man für die größten Verbrechen ungeschoren! Schau, dieser Ansicht ist sogar der Samenter!«

»Der Samenter? Was ist mit dem?«

Viktor gab keine Auskunft mehr.

3

Es dauerte einige Tage, bis Marlies Bernatzky sich in ihrer neuen Stellung so weit eingearbeitet hatte, dass sie eine tatsächliche Entlastung und Hilfe sein konnte. Sie gab sich die größte Mühe, und die früher erworbenen bescheidenen kaufmännischen Kenntnisse kamen ihr dabei sehr zugute. Allerdings war ihr die Materie, in der sie sich nun zurechtfinden musste, nämlich der Holzhandel, bis in alle Einzelheiten fremd. Und deshalb tat sie sich zunächst doch recht schwer.

Aber Herr Janisch kam ihr in einer Art entgegen, wie sie es sich nicht besser ausmalen konnte. Er nahm sich ein paar Tage Zeit, um ihr alles zu zeigen und zu erklären. Auch machte er sie mit den Arbeitern auf dem Holzhof bekannt, die vom Dorf herüberkamen, ihre acht Stunden – manchmal waren es auch mehr – abarbeiteten und zum Feierabend wieder nach Niedereich zurückkehrten. Für sie sollte Marlies neben all den vielen anderen bürotechnischen Aufgaben wöchentlich die Löhne ausrechnen.

Sie hatte Freude an ihrer Arbeit und es ging ihr erstmals in ihrem Leben so richtig gut.

Die Theresa kochte hervorragend für sie. Jeden Abend saßen sie dann zusammen mit dem alten Toni am Esstisch in der Stube und ließen es sich schmecken.

Einige Tage später nahm auch Herr Janisch an diesen gemeinsamen Mahlzeiten teil. Er zeigte sich heiter und gesprächig und lobte ihren Eifer und ihre rasche Auffassungsgabe vor den beiden Alten.

Dann aber musste er auf mehrere Tage verreisen. Das machte sein Geschäft erforderlich. Er kaufte im Gebirge ungeheure Mengen schlagbares Holz auf und besuchte seine Kunden, an die er es wieder absetzte.

Während dieser Zeit war Marlies mit den beiden Alten allein. Der alte Toni war eine dürre, hochbeinige Gestalt von düsterer, verschlossener Art. Selten entschlüpfte ihm ein Wort. Er beteiligte sich auch an keinem Gespräch, vielleicht deshalb, weil er seit einiger Zeit schlecht hörte. Seine grauen Augen schauten mit einer solchen Gleichgültigkeit in die Welt, als gäbe es nichts, über das er sich wunderte. Ebenso schweigend verrichtete er seine Arbeit auf dem Holzhof, sorgte für Ordnung und Sauberkeit um das Haus herum und besserte alle Schäden am Gebäude oder an den Wegen aus, wie es einem gewissenhaften Hausmeister zukam.

Marlies hatte nun schon einige Male etwas über ihre Vorgängerin Martina Lenz gehört. Hier und dort wurde zuweilen über das unglückliche Schicksal Andeutungen gemacht. Aber sie hatte immer noch nicht genau erfahren können, wie es zu diesem Unglück gekommen war.

Die beiden Alten mussten jedoch genauestens Bescheid wissen …

»Es ist mir bis heute noch nicht begreiflich, wie diese Martina im Moor umkommen konnte«, sagte Marlies, als sie wieder einmal mit den beiden Alten zu Tisch saß.

»Hm – das kann leicht passieren«, entgegnete die Theresa. »Du kennst das Moor noch nicht.«

»Doch, ich habe mich nun schon ein paar Mal dort umgesehen. Es führen doch überall befestigte Wege durch die Sümpfe!«

»Du hast das Moor noch nicht bei Nacht erlebt!«

»Nein, das allerdings noch nicht«, gab Marlies zu.

»Eben! Und darin liegt die Gefahr: Man läuft nicht einfach bei stockdunkler Nacht durch das Moor, wenn man es nicht genau kennt!«

»Du hast Recht, Theresa. Das hätte sie nicht tun dürfen.«

»Aber sie musste es tun! Gott weiß, vielleicht hätte man sie tags darauf schon verhaftet. Sie hatte in der Buchhaltung Lumpereien gemacht ...«

»Und sie war ein Luder!«, warf der Toni plötzlich dazwischen. »Gott sei ihrer Seele gnädig!«

Marlies schaute erschrocken auf. »Ein Luder?«, fragte sie.

»Er meint, sie habe ein bisschen gern mit den Männern geliebäugelt«, klärte Theresa sie auf. »Weißt schon, sie war hübsch, immer recht schick hergerichtet, so wie es den Männern gefällt. Sie kam auch aus der Stadt, wie du.«

»Der Jäger war nicht der Einzige, dem sie nachgerannt ist«, murrte der Toni und schob den leeren Teller unsanft von sich.

»So? – Wem ist sie denn noch nachgelaufen?«, fragte Marlies.

Sie erhielt keine Antwort, aber sie beobachtete, wie die beiden Alten sich einen Blick zuwarfen, der wohl besagen sollte: ›Darüber wird geschwiegen ...‹

Marlies empfand es als unheimlich.

Da stand der Toni auf, schüttete am Herd das erwärmte Hundefutter in einen Napf und ging damit fort, um der riesigen Dogge das Fressen in den Zwinger zu stellen.

Am Sonntag schloss Marlies sich Theresa an, als sie um die Vormittagsstunden zum Kirchgang nach Niedereich aufbrach. Sie sah zum ersten Mal das Dorf, dass sich zum großen Teil aus ziemlich großen Bauernhöfen zusammensetzte. Es war von weiten, ertragsreichen Fluren umgeben, aus denen man sicher viel herauswirtschaften konnte.

Hoch über die Häuser erhob sich die Kirche mit einem viereckigen, verwitterten Satteltum, von dem die Glocken läuteten. Zum Kirchplatz hinauf führten eine Anzahl Betonstufen. Dann stieß man auf eine große, alte Linde, unter der ein Brunnen plätscherte.

Hier versammelten sich die Menschen, ehe sie durch das eisenbeschlagene Portal die Kirche betraten. Marlies musste an all diesen Menschen vorbei und wurde als Fremde natürlich eingehend gemustert.

»Das ist die neue Büroblüte des Herrn Janisch«, hörte Marlies einen Burschen sagen, worauf schallendes Gelächter seiner Kameraden folgte.

»Das muss man sagen: Geschmack hat er, der Holzhändler! – Hoffentlich fällt sie nicht auch in den Sumpf! Es wäre schade darum!«

Marlies spürte, wie ihr das Blut ins Gesicht stieg. Ihre Wangen wurden heiß. War es denn eine Schande, wenn man als junges Mädchen im Büro des Holzhofes arbeitete?

Sie war froh, als sich die Stimmen der Burschen hinter ihr verloren …

Dann stand sie in der Dorfkirche, eingekeilt zwischen den vielen Menschen. Es waren viel zu wenig

Stühle da und diese waren bereits voll besetzt. Sie mussten im Gang stehen bleiben.

Auch hier wurde sie von allen Seiten neugierig beobachtet. Es war nicht allein das neue Gesicht, das es zu begaffen und zu bestaunen gab, sondern auch ihre ganze auffällige Art, ihre Haltung, ihre Kleidung, obwohl sie nur über eine sehr bescheidene Graderobe verfügte. Sie trug nichts anderes, als was sie werktags bei der Arbeit im Büro anzog. Sie hatte nicht mehr und musste erst warten, bis sie ihr erstes Gehalt bekam, womit sie sich dann gleich einkleiden wollte.

Aber sie war trotz allem anders als die übrigen Frauen und Mädchen, und deshalb fiel sie auf ...

Dicht hinter ihr musste ein recht großer Mann stehen, sie merkte es am Schatten. Beim gemeinsamen Gebet und Gesang klang seine Stimme ihr gewaltig ins Ohr. Sie war angenehm, klangvoll und kernig.

Sie folgte der Predigt des bejahrten Dorfpfarrers, der wohl schon Jahrzehnte in dieser Kirche wirkte und jeden Einzelnen seiner Gemeinde kannte, viele davon vielleicht schon von Kindheit an.

Auch dem Gottesdienst widmete sie ihre ganze Aufmerksamkeit. Sie versuchte mitzubeten und mitzusingen, soweit sie die Lieder und Gebete kannte. Sie war lange nicht mehr in der Kirche gewesen. Oft hatte sie gar keine Zeit dazu gehabt, und ein andermal fehlte ihr die Lust.

Die alte Theresa war sehr fromm, das merkte sie. Sie hätte es ihr bestimmt übel genommen, wenn sie heute nicht mitgegangen wäre. Sie musste sich an diese alte Frau halten. Ein inneres Gefühl riet ihr dazu.

Als der Gottesdienst zu Ende war, kam sofort Bewegung in die Menschenmenge. Man wollte wieder hinaus in die freundliche, sommerliche Morgensonne.

Auch Marlies schlug das Kreuz und wandte sich um, dabei sah sie sich einem Gesicht gegenüber, das ihr gleich bekannt vorkam. Auch die Jacke, die der Mann trug, die Hirschhornknöpfe und die grünen Aufschläge erinnerten sie sofort an die Begegnung im »Moorhäusl« am Abend ihres Einstandes bei Daniel Janisch: Es war der Jäger vom Hochmoor …

Sie bezweifelte, dass er sie auch erkannte, denn sein Blick glitt gleichgültig über sie hinweg. Vielleicht konnte er sich denken, dass sie die neue Buchhalterin vom Holzhof war, denn in ihrer Begleitung befand sich ja die alte Theresa, die hier alle kannten.

Und wirklich, er schaute sich noch einmal nach ihr um, aber wieder nur mit einem recht verschlossen wirkenden Blick.

Eine Weile noch sah sie seine Gestalt, die groß und wuchtig über die anderen Menschen hinausragte. Dann war er verschwunden.

Sie hätte gern das Grab der unglücklichen Martina aufgesucht, denn der Friedhof lag bei der Kirche. Das unglückliche Mädchen hatte ihre letzte Ruhe in einem Armengrab gefunden. Es lag sicher ganz weit hinten, irgendwo an der Mauer.

Jedenfalls hatte Theresa nicht die Absicht, dieses Grab aufzusuchen. Sie gingen dem Ausgang zu, vorbei an der Linde und am Brunnen und machten sich unverzüglich auf den Heimweg.

Die Dorfstraße war leer. Die Leute waren noch weiter zurück.

Jetzt befanden sich die beiden Frauen auf dem Weg, der durch Wiesen und Felder zum Hochmoor hinaufführte.

Marlies blickte sich noch einige Male um, ob ihnen jemand folgte. Aber da war kein Mensch zu sehen, obwohl der Jäger vom Hochmoor doch eigentlich den selben Weg gehen musste.

Vielleicht aber war er mit den Bauern noch zum Frühschoppen ins Wirtshaus gegangen …

»Kommt die Frau vom Herrn Janisch nie zu Besuch auf den Holzhof?«, fragte Marlies.

»Nein, sie war noch nie da!«

»Das finde ich aber reichlich komisch, Theresa!«

»Hm«, machte die Alte und fuhr mit der Hand über ihr Kinn. »Sie wird wohl auch nie kommen, wenigstens jetzt nicht mehr.«

»Warum jetzt nicht mehr?«

»Man sollte nicht darüber sprechen, und uns Angestellten steht es schon gar nicht zu. Aber nachdem du schon fragst, will ich es dir nicht verschweigen: Unser Herr lebt schon mehrere Jahre von seiner Frau getrennt.«

»Er ist also geschieden?«

»Geschieden sind die beiden noch nicht – aber so viel wie geschieden. Sie leben nicht mehr zusammen.«

»Und die Kinder? – Es sind doch Kinder da?«

»Die sind bei der Mutter.«

»Ach! – So ist das? – Aber Herr Janisch fährt doch häufig in die Stadt.«

»Das schon, aber nicht heim zu seiner Familie!«

»Er besitzt dort eine Villa, nicht wahr?«

»Er nicht, aber die Frau. Die Villa gehört seiner Frau.«

»Wer trägt denn die Schuld an diesem Zustand?«

Die alte Theresa warf ihr einen zurechtweisenden Blick zu. »Das fragst du mich? Soll ich dir vielleicht sagen, dass die Frau schuldig ist, damit du den Mann bedauern kannst?«

Marlies erschrak vor dieser fühlbaren Zurechtweisung, die sich anhörte, als wolle sie für den Mann Partei ergreifen. »Ich kenne die Verhältnisse nicht, ich kenne weder den Mann noch die Frau und mag deshalb weder für die eine noch für die andere Seite Partei ergreifen, Theresa.«

»Das solltest du auch nicht. Wenn du länger da bist, wirst du die Verhältnisse bald kennen, und dann kannst du Schuld geben, wem du willst. Mich geht das alles nichts an. Ich habe hier meine Arbeit und mein Auskommen, und ich werde mich hüten, in meinem Alter, wo man nirgendwo mehr unterkommt, durch ein unrechtes Wort die Stellung zu riskieren. Ich schweige also. Ich bete höchstens zu Gott, dass er alles zum Guten lenken möge. Mehr kann ich nicht tun. Und so wie ich, verhält sich auch der Toni: Wir schweigen beide!«

Diese Rede versetzte Marlies in eine gewisse Unruhe. Sie fing an, über die Dinge misstrauisch nachzugrübeln ...

»Höre, Theresa! Würdest du auch dann schweigen, wenn ich dadurch in große Gefahr geriete?«, fragte sie plötzlich.

»Es wird ganz allein bei dir liegen, ob du dich in Gefahr bringst oder nicht«, entgegnete die Alte lakonisch. »Es ist so, dass ein Mann, der in dieser Art veranlagt ist, nicht aufgehalten werden kann, wenn seine Leidenschaft mit ihm durchgeht. Vor diesen Männern muss man sich in Acht nehmen und sie vor allem nicht herausfordern oder reizen. Sonst gibt es ein Unglück!«

»Ach, so meinst du das!«

»Ich weiß nicht, ob du mich verstehst.«

»Doch, ich verstehe dich, Theresa.«

»Dann kannst du das, was ich dir gerade gesagt habe, beherzigen. Es liegt also auch bei dir!«

»Bei mir?«

»Du bist auch so ein Mädchen, wie die Martina war: jung, gut gewachsen, schön und ...«

»Und?«

»Ich weiß nicht, wie ich es sagen soll: Ich meine, sehr begehrenswert für einen Mann. Allein dadurch bist du schon in Gefahr, denn so war es auch bei der Martina.«

»Aber sie hat angeblich gestohlen. Oder nicht?«

»Doch, das stimmt. Warum hat sie es wohl getan? Sie wollte eben reich sein ...« Theresa verlor sich jetzt in wilden Spekulationen, denen Marlies nicht mehr folgen konnte. Sie entgegnete nichts mehr, sondern machte sich ihre eigenen Gedanken.

So kamen sie heim. Als sie über den Hofraum dem Haus zuschritten, stand der alte Toni eben im Zwinger und fütterte den riesigen Hund, der, ihre Schritte vernehmend, den mächtigen Kopf hob und seine Zähne fletschte. Aber er konnte nicht heraus aus seinem Zwinger.

Wenn Viktor Eichler, der Jäger vom Hochmoor in die Stadt fuhr, was jede Woche einmal geschah, dann hatte er dort immer den gleichen Weg zu gehen. Er führte ihn zunächst am Kanal entlang bis hinaus hinter den Ring, wo die große Fabrikanlage seines Jagdherrn lag.

Herr Heinrich, schon in einem Alter, wo Menschen die Ruhe mehr lieben als das laute, hastige Leben, war noch ein rüstiger und sehr rühriger Mann, der oft lange vor Arbeitsbeginn im Büro saß und den gesamten Geschäftsgang einer Kontrolle unterzog. Gewöhnlich erschien er in einem Jägeranzug, denn er war ein leidenschaftlicher Waidmann und vielleicht hatte er Recht, wenn er diesen Sport für den Grund seiner guten Gesundheit und körperlichen Frische hielt.

Er hatte es sich leisten können, das Niedereicher Hochmoor als Jagdgebiet zu kaufen, und so oft es ihm seine Zeit erlaubt, fuhr er hinaus auf seinen Landsitz und pirschte in Begleitung seines Jägers über das weite, stimmungsvolle Moor.

Auch der Torfstich, der dort betrieben wurde, ging ihm als Besitzer zu Nutzen und zu Lasten. Er selbst kümmerte sich nicht darum und überließ das seinem Jäger, der also auch Aufseher über die Torfförderung war, die jährlich mit vielen Tonnen der Torfmullverarbeitung zugeführt wurde. Viktor Eichler hatte also dem Büro die Wochenberichte vorzulegen und die Lohngelder für die Torfarbeiter abzuholen. Aber er hätte es auch nicht versäumen dürfen, Herrn Heinrich persönlich aufzusuchen, um sich mit ihm über den Wildbestand und über die Jagd zu unterhalten.

Darum besuchte der Jäger als Erstes seinen Arbeitgeber im Chefbüro, und erst wenn dort alles besprochen war, erledigte er die übrigen Geschäfte, ehe er mit dem nächsten Zug wieder hinausfuhr in die Moorlandschaft.

Diesmal hatte Herr Heinrich ihm eine schriftliche Einladung an Herrn Daniel Janisch mitgegeben, nachdem der Jäger nicht mit Bestimmtheit sagen konnte, ob der Holzhändler zurzeit auf dem Holzhof anzutreffen sei. Für den kommenden Sonntag hatte Herr Heinrich eine Fasanenjagd organisiert, zu der er einige Freunde einladen wollte.

Dazu zählte auch Herr Janisch.

Nachdem Viktor Eichler das Fabrikgebäude verlassen hatte, begab er sich heute nicht sofort zum Bahnhof wie sonst, sondern schlug den Weg zum Zentrum der Stadt ein, um dort nach einer bestimmten Straße zu suchen. Er wollte wissen, ob es diese Straße überhaupt gab.

Die Stadt war nicht sehr groß. Es ging keine Trambahn, aber einige städtische Omnibusse beförderten die Menschen von einem Ende der Stadt zum anderen. Je näher man dem Zentrum kam, desto dichter wurde der Verkehr.

Viktor Eichler, der Jäger vom Hochmoor, zog einen Zettel aus der Tasche. »Sterngasse 14«, stand darauf. Es waren noch Martinas Notizen. Sie selbst hatte die Adresse aufgeschrieben, als sie ihn einmal gebeten hatte, ihre Mutter gelegentlich aufzusuchen und ihr Grüße zu bestellen. Er hatte es damals von einer Woche auf die andere verschoben. Entweder hatte er keine Zeit gehabt, oder er war zu bequem gewesen, um diese ihm unbekannte Straße zu suchen.

Und dann war es auf einmal zu spät dazu.

Er wollte es nicht wahrhaben, aber es war so, dass ihn plötzlich Zweifel überfielen, ob es diese Straße und diese Mutter überhaupt gäbe. Dann hätte Martina ihn angelogen. Aber warum sollte sie das getan haben? Welche Gründe konnte sie hierfür gehabt haben?

Schließlich ließ er alles, wie es war. Martina war tot. Er war sogar so feige, dass er nicht einmal ihr Grab aufsuchte. Er fürchtete, es könnte ihn jemand dabei beobachten. Sie hatte gestohlen und war bei Nacht und Nebel geflohen, um sich der Verantwortung zu entziehen. Das wusste jedes Kind im Dorf.

Nur ein einziges Mal – es war kurz vor dem Allerseelentag gewesen – hatte er sich mitten in der Nacht in den Friedhof geschlichen und war mit den Fingern in die feuchte, kalte Erde gefahren, um das Unkraut auszureißen, das über ihr verlassenes und vergessenes Armengrab wucherte.

Ja, er war ein großer Feigling gewesen. – Und das Schlimmste war: Er hatte damals selbst an der Unschuld Martinas gezweifelt …

Jetzt wurde er plötzlich aus seinen düsteren Gedanken durch eine seltsame, geheimnisvolle Kraft aufgerüttelt. Es war, als hätte ihn aus unbekannten Sphären eine Stimme erreicht, die ihn zur Hilfe rief. Für wen denn? Für die tote Martina? Ja, es war die Ehre einer Toten, die das ganze Dorf zerfetzte, dass kein Fädchen mehr dran heil blieb …

Ein paar Passanten, denen man ansah, dass sie Einheimische waren, konnten ihm nicht sagen, ob es eine Sterngasse gab. Ein Einziger nur glaubte, schon von ihr gehört zu haben, aber er konnte nicht sagen, wo sie lag.

»Fragen Sie doch den Polizisten dort!«, sagte der Mann.

Viktor Eichler trat auf den Beamten zu.

Auch der wusste nichts von einer Sterngasse, aber er hatte zumindest einen Plan in der Tasche, in dem er nachschauen konnte – und siehe da, es gab eine Sterngasse, nur lag sie in einem ganz anderen

Bezirk der Stadt. Der Beamte beschrieb ihm die Lage so genau, dass er sein Ziel nicht mehr verfehlen konnte. Er musste nur noch ein sehr weites Stück laufen …

Dann kam er an die doppeltürmige Kirche, in deren Nähe die Sterngasse liegen sollte. Und schließlich fand er sie …

Es war eine enge, lang gezogene Straße, in die wohl nur selten ein Sonnenstrahl fiel. Eine Menge Schilder hingen an den hochgiebeligen, aneinander gereihten Häusern, als hätten sich hier die gesamten Handwerkerzünfte ein Stelldichein gegeben. Werkstätte reihte sich an Werkstätte: Schlossereien, Spenglereien, Schmieden und Töpfereien, alles war hier vertreten.

Ein dichter Menschenstrom zwängte sich in der engen Gasse hin und her …

Hausnummer 14! Viktor Eichler drückte das Hoftor auf. Er betrat das Haus, stieg von Stockwerk zu Stockwerk und las an den Türschildern die Namen der Wohnungsinhaber. Aber er fand nicht, wonach er suchte.

Als er schließlich im letzten Stockwerk vergeblich das Türschild studiert hatte, kehrte er entmutigt um und stieg die vielen Treppen wieder hinab. Es gab wohl eine Sterngasse in dieser Stadt, aber wohl kein Haus, in dem die Mutter Martinas wohnte …

Im ersten Stock begegnete ihm eine ältere Frau.

An sie richtete er eine letzte Frage.

»Lenz?«, wiederholte die Frau. Es war düster im Treppenhaus, trotzdem entging ihm nicht, dass die Frau diesem Namen wenig Achtung entgegenbrachte. Ihre Mundwinkel bogen sich verächtlich herab. Aber sie schien den Namen zu kennen.

»Im Hinterhaus, fünfter Stock«, sagte sie und ging weiter.

Viktor Eichler stürmte die Treppe hinab, er lief durch den Hofeingang zum Hinterhaus und nahm je zwei Stufen auf einmal, als er zum fünften Stock hinaufeilte. Jetzt wollte er diese Frau sehen, diese Mutter, die es fertig gebracht hatte, ihr zugrunde gegangenes Kind kurzerhand fremden Menschen und einem fremden Friedhof zu überlassen, weil ihr die Kosten für eine Überführung zu hoch waren. Diese Mutter wollte er sehen, die nicht ein einziges Mal das Grab ihrer Tochter aufsuchte, um wenigstens das Unkraut herauszureißen und ein Gebet zu sprechen, ganz zu schweigen davon, dass sie am Begräbnis nicht teilgenommen hatte.

Jetzt hatte er die Wohnungstür erreicht. Er las das Schild und drückte auf den Klingelknopf.

Er wartete, aber es rührte sich nichts. Er läutete abermals, diesmal länger.

Immer noch nichts …

Endlich hörte er eine Tür gehen, aber es war die der Nachbarwohnung. Ein alter Mann schaute heraus, offenbar ein Rentner, der eben sein Mittagsschläfchen gehalten hatte und darin gestört worden war.

»Da ist niemand«, sagte er unwirsch.

»Ich möchte zu einer Frau Lenz.«

»Frau Lenz ist vor drei Tagen ins Krankenhaus gekommen.«

»In welches Krankenhaus?«

»Das weiß ich nicht.«

»Danke!«, sagte der Jäger und lüftete den Hut. Der Alte zog sich wieder zurück und schloss die Tür.

Viktor Eichler stieg die Treppe hinab. Er ging jetzt sehr nachdenklich und langsam. Es gab eine Sterngasse und ein Hinterhaus mit der Nummer 14. Es gab eine Frau Lenz, die Mutter Martinas. Nur war sie nicht daheim, und er musste warten, bis sie vom Krankenhaus zurückkam.

Damit gab sich Viktor Eichler zunächst zufrieden.

4

Das Büro in dem Marlies arbeitete, war ein freundlicher, heller Raum. Die Möbel waren fast neu, ebenso die Maschinen. Man hatte den Eindruck, als wäre das Büro vor nicht allzu langer Zeit erst eingerichtet worden.

Marlies konnte fast ohne Störung arbeiten. Ein paar Mal kam der alte Toni vom Holzhof herein und legte ihr ein paar Merkzettel auf den Tisch, die Herr Janisch vorgelegt werden sollten, wenn er eintraf.

Aber der Holzhändler war gerade auf einer Geschäftsreise. Man konnte nie sagen, wann er wieder zurückkehrte. Augenblicklich tätigte er im Gebirge einen Einkauf, wobei er oft sehr weite Wege zurückzulegen hatte.

Es kamen auch Kunden, Sägewerksbesitzer und Leute von der Holzverarbeitungsindustrie, die den Holzhändler en gros sprechen wollten. Marlies verhandelte mit diesen Leuten, so gut sie es verstand. Sie notierte die Wünsche und versprach baldigst schriftlichen Bescheid.

Es ging eigentlich ganz gut.

Oft saß sie halbe Tage allein da, schrieb und rechnete. Sie hörte irgendwo im Haus die Schritte der alten Theresa, die bald hier und bald dort herumwerkte und Ordnung schaffte.

Und draußen saß der große Hund in seinem Zwinger, der nur dann sein heiseres, bösartiges Gebell hören ließ, wenn ein fremder Mensch sich dem Haus näherte. Oft aber war es nur einer der Arbeiter, der in der Nähe vorbeiging und von der unheimlichen Dogge angekläfft wurde.

Sonst hörte man nichts von dem Tier, auch kein freudiges Winseln, wenn der alte Toni ihm das Futter brachte. Kaum, dass er einmal seine Rute gutwillig bewegte, wie es andere Hunde taten.

Eines Tages um die Nachmittagsstunde hörte man wieder einmal das kurze, bösartige Aufbellen. Gleich darauf wurde an die Tür geklopft. Offenbar wollte ein Kunde den Holzhändler sprechen …

»Bitte!«, forderte Marlies zum Eintreten auf.

Wie erstaunt war sie aber, als eine ihr wohl bekannte, große Gestalt sich zur Tür hereindrückte.

Es war der Jäger vom Hochmoor, dieser seltsame Mann, bei dessen Begegnung sie jedes Mal ein Gefühl der Unsicherheit, ja sogar der Verlegenheit befiel, ohne dass sie wusste, warum.

»Grüß Gott, Frau …«

»Bernatzky – Marlies Bernatzky«, half sie seinem Gedächtnis nach und war plötzlich ganz aufgeregt.

»Sie kennen mich? Ich bin der Jäger vom Hochmoor.«

»Ich weiß.«

»Viktor Eichler ist mein Name.«

»Grüß Gott.«

»Herr Janisch ist wohl nicht da?«

»Nein.«

»Kommt er heute noch zurück?«

»Kaum. Handelt es sich um etwas Geschäftliches?«

»Nein. Ich habe ihm nur eine Einladung zu überbringen. Könnten Sie ihm den Brief persönlich aushändigen? Dann müsste ich nicht noch einmal den weiten Weg hierher machen.«

»Gern.«

»Der Brief ist von Herrn Heinrich, meinem Jagdherrn.«

Marlies nahm den Brief an sich und legte ihn zu der übrigen Post, die dieser Tage eingegangen war. Der Jäger bückte sich zum Fenster, um einen Blick hinauszuwerfen, als wollte er sich überzeugen, dass niemand sie jetzt störte.

Marlies beobachtete ihn mit steigender Verwunderung. Ihre Unruhe wuchs.

»Ich bin froh, endlich eine Gelegenheit gefunden zu haben, ein paar ungestörte Worte mit Ihnen wechseln zu können«, sagte er dann und kam wieder näher. »Sie wundern sich wohl darüber? Ich wundere mich selbst über mich. Aber es lässt mir keine Ruhe. Als ich Sie das erste Mal im ›Mooshäusl‹ sah, habe ich mir schon Sorgen gemacht wegen ihrer Sicherheit. Schließlich leben Sie hier unter dem Dach eines hier in diesem Haus allein lebenden Mannes, noch dazu dieser bösartige Hund, der dazu abgerichtet ist, alles, was sich in seiner Umgebung bewegt, anzugreifen und zu stellen. Das ist eine gefährliche Umgebung für eine so junge, unerfahrene Frau wie Sie es sind. Glauben Sie mir, denn ich kann Ihnen jetzt nicht näher erklären, warum.«

Sie antwortete nicht, sondern starrte ihn nur erstaunt und verständnislos aus ihren dunklen Augen an.

»Bei Ihrer Vorgängerin verhielt es sich ebenso«, fuhr er fort, ohne sich etwas aus ihrer Bestürzung zu machen. »Sie begab sich gutgläubig in die Hände dieses Mannes und bezahlte am Ende mit dem Leben. Ich weiß noch nicht, wie es passierte, aber ich weiß ganz sicher, dass es weder ein Freitod noch ein Unfall war. – Eigentlich wollte ich nur fragen, wie es Ihnen hier gefällt, ob Sie sich denn wohlfühlen.«

Sein zweifelnder Unterton erstaunte Marlies noch mehr. »Gut«, antwortete sie.

»Und Herr Janisch ist wohl sehr nett zu Ihnen?«

»Ja, er ist mehr als besorgt um mich.«

»Das kann ich mir denken. Auch der Teufel bedient sich der schmeichelnden List, wenn er an den Menschen herangeht. Oder glauben Sie im Ernst, dass es nur gute Arbeit und Fleiß im Geschäft ist, was Herr Janisch von Ihnen als Gegenleistung fordert?«

Jetzt schaute Marlies ganz erschrocken und geradezu hilflos in das wettergegerbte, unbewegliche Gesicht des Jägers. Sie wusste nicht was sie ihm auf diese ungeheure Andeutung antworten sollte. Sie wagte nicht zu sagen, dass ihn das alles nichts angehe und dass sie selbst beherzt genug sei, gegebenenfalls solcherlei Verwerflichkeiten von Seiten ihres Arbeitgebers zurückzuweisen.

Sollte sie ihm vielleicht sagen, dass sie selbst schon aus der Atmosphäre dieses Hauses eine gewisse Unheimlichkeit zu spüren glaubte, allein durch das schweigsame, fast eingeschüchterte Verhalten der beiden alten Angestellten? Dazu kam noch das lautlose, gespenstige Herumschleichen der riesigen Dogge, das unheimliche Rascheln in der Nacht vor ihrer Kammer, als hätte man eine Wache vor ihrer Tür aufgestellt.

Das Blut war Marlies aus dem Gesicht gewichen. Aus ihren Augen schaute die Angst. Sie sah jetzt wunderschön aus. Die Linien ihrer Gesichtszüge traten plötzlich zutage, sie spiegelten die Sorge und das Leid ihres jungen Lebens wieder.

»Das kann doch nicht wahr sein!«, stieß sie lautlos hervor, als müsste sie sich zur Wehr setzen gegen die Zerstörung ihrer Selbsttäuschung, der sie sich hingegeben hatte.

Er hatte Mitleid mit ihr. »Ich wünsche sehr, dass ich Unrecht habe!«, sagte er. »Ich weiß, es geht mich nichts an, und doch sehe ich es als meine Gewissenspflicht, Sie vor Daniel Janisch zu warnen. Ich halte ihn für einen äußerst gefährlichen Mann, und er ist reich. Sein Einfluss ist sehr groß, nicht nur im Dorf, sondern bei allen Leuten. Seinen Worten schenken alle Glauben, sie können noch so gelogen sein. Auch Sie wollen ihm glauben. Sie halten ihn für einen aufmerksamen Chef, der selbst für die Belange der kleinen Angestellten volles Verständnis hat. Und darin liegt die große Gefahr. Bitte, geben Sie sich keiner Täuschung hin!«

Sie schaute ihn immer noch voller Bestürzung an. ›Wenn ich doch etwas mehr in seinem Gesicht lesen könnte, es wirkt so verschlossen‹, dachte sie. Aber sein Blick blieb düster und zurückhaltend, ja sogar fremd. Man konnte ihm kein Vertrauen schenken. Wer weiß, ob ihn nicht eine persönliche Feindschaft gegen den Holzhändler so sprechen ließ? Sie schwieg.

»Sie werden sich jetzt sagen, dass ich absolut nicht befugt bin, mit solchen Worten zu Ihnen zu sprechen«, fuhr er fort. »Da haben Sie Recht. Ich bin nur der Jäger vom Hochmoor und lebe weit weg von den Menschen in einem einsamen Haus ganz hinten im Moor. Ich habe noch eine alte Mutter, die die Einsamkeit mit mir teilt. Sie leidet unter Gehörschwund, so dass sie meine Unterstützung und Hilfe braucht. Es gibt Leute, die über mein Junggesellenleben lachen, hauptsächlich die Dorfmädchen. Sie nennen mich das Muttersöhnchen, das sich vor anderen Frauen fürchtet. – Ganz so ist es natürlich nicht, aber ich gebe zu, dass ich kauzig geworden bin. Das werden auch Sie sich schon gedacht haben. Nicht wahr? Stimmt, ein Mann in meinen Jahren müsste längst eine Frau haben und eine Stube voller Kinder. Aber sehen Sie, die Mädchen von heute stellen höhere Ansprüche an das Leben. Sie wollen Unterhaltung, Gesellschaft, Reisen, Autofahren. Das kann ich nicht bieten bei meinem Beruf und meinem Wohnort. Mein Verdienst ist nicht schlecht, denn mein Arbeitgeber bezahlt gut, aber es reicht halt gerade für ein bescheidenes Leben. Das Haus, das ich bewohne, steht allein im Moor. Ich liebe das Moor, und ich liebe auch meinen Beruf. Mit dem Wind in den Erlen rauscht das Blut in meinen Adern.«

Er schwieg, denn eben war draußen die Tür gegangen. Über den Flur polterte ein Schritt.

»Das ist der Toni«, sagte Marlies. Sie erkannte ihn am Schritt.

»Ich habe Sie nun lange genug aufgehalten«, sagte der Jäger. »Entschuldigen Sie!«

»Nein – Ihr Besuch war mir sehr angenehm! Ich freue mich, mit Ihnen bekannt geworden zu sein, Herr Eichler! – Aber was soll ich denn tun? Wozu raten Sie mir? Wenn ich von hier fortgehe, weiß ich nicht, wohin! Ich habe kein Heim, keine Eltern, niemanden!«

»Sie sollen nichts tun! Ich wollte Ihnen nur sagen, dass in diesem Haus ein böser Geist wohnt, vor dem Sie sich in Acht nehmen sollten! Und Sie sollen wissen, dass hinten im Moor ein Haus steht, wo Sie Zuflucht und Hilfe finden können, wenn Sie sich in Not und Gefahr befinden!«

Sie war abermals bestürzt und schaute fast ängstlich zu ihm auf. »Ich danke Ihnen, Herr Eichler!«, sagte sie dann zaghaft.

Er merkte ihre Unsicherheit. »Wenn Sie einmal Zeit haben, dann folgen Sie dem Weg hinein in das Hochmoor. Nach dem dritten Brückchen stoßen Sie auf ein einfaches Holzkreuz, das aus dem Schilf ragt. – An dieser Stelle hat man Martina Lenz, Ihre Vorgängerin, tot aus dem Sumpf geborgen. Der Hund von Herrn Janisch hatte sie aufgespürt. Wie gesagt weiß ich noch nicht, wie es sich genau zugetragen hat, sicher ist, dass sie sich auf der Flucht befunden hat vor was oder wem auch immer und dabei ins Moor geraten ist und vom Weg abgekommen sein muss. Das ist in dieser Gegend sehr gefährlich und kann – wie man sieht – tödlich enden.«

»Martina Lenz soll schwere Veruntreuungen begangen haben!«

»Wer behauptet das?«

»Alle, die Theresa, der Toni – Herr Janisch selbst hat es mir schon gesagt.«

»Herr Janisch hat schon viel gesagt, was nicht wahr ist. Man glaubt ihm, denn er ist ein vermögender, einflussreicher Mann. Wer möchte ihm schon gern eine Lüge nachsagen! Er kann jedem existenziellen Schaden zufügen, wenn er dahinterkommt. Aber ich weiß es besser – und vielleicht kommt einmal der Tag, an dem ich ihm die Maske vom Gesicht reißen kann. Darauf warte ich, schon im Andenken an die unglückliche Martina! – Und jetzt ... behüt Sie der liebe Gott, Marlies! Vergessen Sie nicht, Herrn Janisch den Brief zu geben. Er ist ein ganz dicker Freund meines Jagdherrn. Ich bekäme eine böse Rüge, wenn Herr Janisch durch mein Verschulden nicht zur Fasanenjagd kommen würde!«

Dann nickte er ihr freundlich zu und ging davon.

Am Abend des gleichen Tages suchte Marlies das Kreuz im Schilf. Sie wusste nicht, warum sie es tat, sie hatte nur plötzlich das Gefühl, dem Leben und Sterben jenes unglücklichen, fremden Mädchens nachgehen zu müssen. Es verlangte sie, den wahren Sachverhalt über den frühen und grausamen Tod dieses Menschenkindes zu erforschen, der von geheimnisvollen Andeutungen und Zweifeln verschleiert war. Dieses Mädchen hatte vielleicht einmal im gleichen Bett geschlafen wie sie, es hatte dieselbe Arbeit getan – und Daniel Janisch hatte ihr wohl auch einmal die gleichen freundlichen Worte gesagt, als er sie in sein Haus aufnahm. Nun aber klagte er sie an, dass sie ihm eine große Summe Geld veruntreut habe, worauf sie ja angeblich den Tod im Moor gesucht haben soll ...

Marlies vermochte plötzlich nicht mehr an dieses Märchen zu glauben. Der Jäger vom Hochmoor hatte sie nun skeptisch werden lassen. Er war ein aufrechter und glaubwürdiger Mann. Dieser Eindruck konnte nicht trügen. Überhaupt war er ein Mensch, dem man vom ersten Augenblick an vertrauen konnte, so seltsam düster seine Ausstrahlung auch sein mochte ...

Sie nahm mit den beiden alten Angestellten das Nachtessen ein und half Theresa in gewohnter Schweigsamkeit beim Abspülen des Geschirrs, was Herr Janisch freilich nicht hätte sehen dürfen. Er duldete so etwas nicht. »Dafür ist die Haushälterin da!«, pflegte er zu sagen. Aber Marlies brachte es nicht fertig, faul herumzusitzen, während die alte Frau am Spültisch stand.

Später trat sie hinaus vor die Tür. Die Sonne war bereits hinter den Bergen untergegangen. Am Himmel stand in voller Pracht das Abendrot, das sich mit violettem Schimmer auf dem Moor spiegelte. Es war ein wundersamer, malerischer Anblick …

Wenn Herr Janisch heute kommen würde, wäre er wohl schon da. So spät traf er normalerweise nie ein …

Der alte Toni ging an ihr vorbei. Er wanderte noch einmal den ganzen Holzhof ab, um überall nach dem Rechten zu sehen. »Glaubst du, dass Herr Janisch heute noch kommt, Toni?«, rief sie dem Alten nach.

Er schüttelte nur den Kopf und ging weiter.

»Ich will noch ein bisschen spazieren gehen!«

Der alte Mann nickte.

Marlies lief in ihre Kammer und holte einen Schal, falls es kühler werden sollte.

Dann wanderte sie auf der Straße dem Moor zu. Sie blickte auf das Haus zurück und sah den großen Hund am Drahtgitter des Zwingers stehen. Er schaute ihr nach, aber er bellte nicht …

Sie hörte das Rauschen des Flusses von der Niederung herauf. Aus dem Hochmoor kamen die Schreie der Fasanen, die ihre Artgenossen zum Ende des Tages bereits in die Verstecke lockten.

Hoch in der Luft segelte ein Geschwader von Wildenten. Mit raschen Flügelschlägen kehrten sie zu ihren Nachtstandorten zurück.

Richtig dunkel war es noch nicht. Man konnte weit sehen, und am Himmel leuchtete immer noch das Abendrot.

Es war das erste Mal, dass Marlies sich in das sich bis zum Horizont erstreckende Hochmoor hineinwagte, und je tiefer sie eindrang, desto schöner und interessanter fand sie dieses schöne Naturbild. Bis an den Weg heran wucherte das Gestrüpp von Sandbeersträuchern und anderen kriechenden Wildgewächsen. Welkendes und von der Sommersonne ausgedörrtes Riedgras schwankte leicht in der Abendluft. Die Erde dröhnte bei jedem Schritt, den sie machte, als wäre darunter alles hohl. Das war wohl der so genannte Filz.

Manchmal flog plötzlich vor ihr ein aufgescheuchter Vogelschwarm auf und stieg so geräuschvoll in die Luft, dass sie jedes Mal erschrocken zurückfuhr.

Später kam sie an Sümpfen und Tümpeln vorbei, in denen die Frösche quakten. Oft raschelte es neben ihr über die Erde, als wäre eine Schlange davongekrochen. Aber sie konnte nichts sehen.

Das dichte Schilf und Rohr, das jetzt emporragte, verbarg vor ihrem Auge alles, was dahinter lag. Sie kam an einen Steg, der über eine Altwasser-Rinne führte. Und da erinnerte sie sich, dass der Jäger gesagt hatte, sie müsste über drei solche Brückchen kommen, ehe sie das Kreuz finden würde.

Kein Mensch war hier unterwegs. Nur die Natur regte sich mit mannigfachen Lauten und Stimmen. Sie wurde von dieser Einsamkeit umfangen. Der

Tag schwand immer mehr dahin. Das Abendrot am Himmel war erloschen. Ein paar Sterne blitzten auf.

Es kam die Nacht ...

Marlies musste sich einprägen, wo sie gegangen war, damit sie sich nicht auf dem Rückweg verirrte. Sonst würde sie wohl nicht mehr herausfinden aus dem Labyrinth von Spuren und Trampelpfaden, die nach allen Richtungen führten. Trotz der in ihr aufsteigenden Angst ging sie weiter. Sie kam über das zweite und bald über das dritte Brückchen. Der Weg war hier dichter von Gräsern und einzelnen Sträuchern überwuchert, so dass sie mühsamer vorankam.

Und dann sah sie auch schon das Kreuz aus dem Schilf emporragen. Vorsichtig näherte sie sich. Das Kreuz bestand nur aus zwei roh gezimmerten Balken. Es war etwas windschief und schmucklos. Nur eine Tafel war angeheftet, auf der eine Inschrift den Namen des Mädchens und das Datum ihres Todestages verriet. Mit wenigen Worten wurde darauf hingewiesen, dass die Tote im Sumpf umgekommen war ...

»R. I. P.« Mehr nicht ...

Marlies schaute darauf, als wäre sie ihrem eigenen Schicksal begegnet. Sie fragte sich, warum sie so großen Anteil am Tod dieses Mädchens nahm, das sie nicht einmal gekannt hatte. Es war ihr, als müsste sie sich einen Druck von ihrem Gewissen schaffen. Aber was hatte sie denn getan? Vielleicht weil sie ihre Arbeit angenommen hatte? Oder weil sie Daniel Janisch zuerst geglaubt hatte, dass er von ihrer Vorgängerin schmählich betrogen worden war?

Sie konnte es ja nicht besser wissen und musste eben glauben, was er ihr sagte ...

Sie konnte nichts mehr für die Arme tun, aber ein Gebet wollte sie wenigstens für sie sprechen, damit Gott ihrer Seele gnädig sei.

Und sie tat es …

Dann wandte sie sich ab und tastete sich zum Weg zurück, den sie ein ganzes Stück weit hatte verlassen müssen. Die Dunkelheit kam näher.

Da sah sie plötzlich eine große Männergestalt vor sich stehen, ohne dass sie zuvor etwas von der Annäherung eines Menschen vernommen hatte. Sie erschrak.

Dann erkannte sie den Mann: Es war der Jäger vom Hochmoor. Da beruhigte sie sich wieder.

»Was machen Sie denn hier im Moor?«, fragte er.

»Ich habe das Kreuz gesucht, von dem Sie mir erzählt haben. Hätte ich das nicht tun dürfen?«

»Oh doch! Ich habe nur nicht damit gerechnet, dass Sie so großen Anteil nehmen und die Stelle gleich heute noch aufsuchen würden«, entgegnete er.

»Ich kann es Ihnen nicht sagen, warum ich es tun musste. Es drängte mich einfach dazu.«

»Dafür danke ich Ihnen. Es kümmert sich sonst niemand mehr darum.«

»Man hat die Tote wohl schon vergessen?«

»Die Toten sind schnell vergessen, Marlies! Es ist bei uns genauso wie anderswo. Die Menschen sind immer dieselben, sie mögen leben und sterben, wo sie wollen.«

Sie nickte dazu. Dann schaute sie sich um. Von allen Seiten brach die Nacht herein. Sie konnte sein Gesicht nur noch undeutlich erkennen. »Verzeihen Sie! Aber ich muss jetzt gehen! Als ich zu Hause wegging, war Herr Janisch noch nicht da. Ich bin jedoch nicht ganz sicher, ob er nicht doch noch kommt.«

»Und was wäre dann?«

»Dann lässt er womöglich den Hund aus dem Zwinger.«

»Ach so – ja! Sein Hund ist ein gefährliches Tier. – Wenn Sie gestatten, begleite ich Sie.«

»Dafür bin ich Ihnen sehr dankbar! Versäumen Sie auch nichts?«

»Nein. Für mich ist jetzt auch Feierabend.«

»Ich weiß nicht, ob ich den Weg in der Nacht so sicher finden würde.«

»Kaum. Aber ich führe Sie!« Er ging voraus.

Marlies war von Herzen froh, dass sie ihn getroffen hatte, sie hätte sich bestimmt gefürchtet, wenn sie den Weg ganz allein hätte zurückgehen müssen. Die Nacht im Moor war unheimlich. Sie hatte gar keine rechte Vorstellung davon gehabt. Man hörte das Wasser glucksen, das Gras und das Laub rascheln, die Erlen und Weiden schauten wie verkrüppelte Gestalten aus der Nacht hervor …

Sie dachte an das Kreuz im Schilf. »Gab es denn keinen anderen Weg mehr für Martina als einfach in den Tod zu laufen?«, fragte sie.

»Sie sind also auch der Meinung, dass sie ihrem Leben selbst ein Ende gesetzt hat?«

»Die Leute behaupten es!«

»Welche Leute? Daniel Janisch? Der alte Toni? Theresa? Und ein paar Tölpel vom Dorf?« Er wurde barsch. »Ich habe eine andere Meinung darüber. Es lässt sich nur nicht beweisen. Gestohlen hat sie nicht! Dafür bürge ich. Das hat ihr dieser Holzhändler nur angehängt, um nicht selbst unter Verdacht zu geraten.«

»Unter welchen Verdacht denn?«, fragte Marlies und sah ihn erstaunt von der Seite an.

Er schien zu überlegen, wie er es sagen sollte. »Die Martina war ein bildschönes Mädchen, recht aufgeweckt und heiter. Sie war sehr wortgewandt und schlagfertig. Niemand ahnte, dass sie aus ganz erbärmlichen Verhältnissen stammte. Sie hatte keinen Vater mehr, und ihre Mutter muss meines Erachtens eine herz- und gewissenlose Frau sein. Wir wollen ihr zugute halten, dass sie vielleicht in recht ärmlichen Verhältnissen lebt. Aber ich werde ihr nie verzeihen können, dass sie ihre Tochter verscharren ließ wie einen von der Pest gezeichneten Menschen, ohne sich um das Begräbnis zu kümmern, ohne ein einziges Mal ihr Grab aufzusuchen. Wenigstens hatte unser Pfarrer von Niedereich so viel Barmherzigkeit für das unglückliche Mädchen übrig, dass er sie mit dem kirchlichen Segen bestattete, obwohl es Leute gab, die ihm das sehr übel nahmen. Selbstmörder haben kein Recht auf ein christliches Begräbnis.« Er unterbrach sich. Sie kamen an ein Brückchen, und er bot ihr die Hand, damit sie nicht danebentrat.

»Ich wollte Ihnen eigentlich etwas anderes sagen«, fuhr er dann fort. »Daniel Janisch fand Gefallen an seiner Buchhalterin. Von seiner Frau und Familie lebt er getrennt. Es störte ihn nicht, dass er sich in Martina verliebte. Obwohl, Liebe darf man es nicht nennen, denn Daniel Janisch kann nicht lieben. Es war nur sexuelles Begehren, was er für dieses Mädchen fühlte. Ich habe diese Dinge geahnt. Schade, dass Martina mir ihre Not nicht anvertraute, ehe es zu spät war. Sicher hat ihre Mutter davon gewusst. Aber wo blieb ihre Hilfe?«

»Sie sind davon überzeugt, dass Martina von Daniel Janisch bedrängt wurde?«, fragte sie.

»Ja, ich bin davon überzeugt. Ich möchte sogar wetten, dass sie in mein Haus fliehen wollte, um vor seinen Verfolgungen Schutz zu suchen.«

Marlies schwieg.

Sie spürte ihr Herz pochen. Die Angst schnürte ihr die Kehle zu.

Viktor stieß einen herben, lautlosen Seufzer aus. »Ich habe Martina geliebt«, sagte er plötzlich ganz leise. »Wir wollten in einem Jahr heiraten. Aber davon wusste niemand etwas. Nur meine Mutter kannte unser Geheimnis. Sie hat es für sich bewahrt.«

»Ach!«, entfuhr es Marlies.

»Verstehen Sie nun, warum ich die Dinge mit anderen Augen betrachte? Und warum ich keine Ruhe gebe, bis die Tote gerechtfertigt ist?«

Schweigend gingen sie weiter durch das unheimliche nächtliche Moor. Ganz in der Nähe ertönte ein Schrei.

Marlies fuhr erschrocken aus ihren Gedanken.

»Das war ein Birkhahn«, erklärte er. »Er lockt sein Weibchen ...«

»Ich habe Angst«, gestand sie.

»Weil ich so offen gesprochen habe? Sie brauchen nichts zu befürchten. Daniel Janisch ist schlau genug, um nicht mit der Tür ins Haus zu fallen. Ich habe Ihnen angeboten, dass Sie jederzeit in meinem Haus Schutz suchen können, wenn Sie sich in Gefahr wähnen. Ich wäre Ihnen sogar dankbar dafür.«

Ach, wie einsam war dieses Hochmoor. Kein Mensch begegnete ihnen. Kein Haus und kein Licht tauchte auf.

»In letzter Zeit war es ruhiger in mir«, sagte er. »Ich kam zu der Einsicht, dass sich nie mehr etwas an den Dingen ändern ließe. Da tauchten Sie auf, und ich weiß nicht, warum alles wieder aufgewühlt wurde. Sie haben mich an Martina erinnert. Sie sah so ähnlich aus wie Sie, die gleiche Größe und Figur. Auch sonst hatte sie manche Ähnlichkeit mit Ihnen, wie Sie sich bewegen und was Ihre Mimik betrifft. Es kann sein, dass ich mir das alles nur einbilde, weil ich darüber viel zu viel nachdenke. Dabei sieht man dann wohl Gespenster. Ist es nicht so?«

»Ja, die Phantasie kann da schon einmal durchgehen«, entgegnete sie. »Ich lief aus der Stadt davon, weil es mir dort schlecht erging. Ich wollte irgendein Dorf suchen, wo ich vielleicht Arbeit finden könnte. Als ich schon stundenlang auf der Straße ging, vergeblich nach einem Dorf Ausschau hielt und verzweifelt feststellen musste, dass es immer dunkler wurde, trafen mich die Scheinwerferlichter eines Autos. Ich streckte die Hand aus und fand einen Menschen, der sich meiner erbarmte und mich mitnahm ... Es war Daniel Janisch ... Als er mir im Verlauf unseres Gesprächs Arbeit in seinem Geschäft anbot, war ich ihm sehr dankbar. Eigentlich wollte ich noch weiter. Ich suche seit Jahren meine Schwester. Zuletzt hat sie mir aus der Stadt geschrieben, wo sie im Büro eines Grundstücksmaklers beschäftigt war. Niemand konnte mir sagen, wo sie hingegangen ist. Wir waren die Einzigen, die von unserer Familie übrig geblieben sind, als vor fünfzehn Jahren das Unheil über uns hereingebrochen war. Damals waren wir noch Kinder ... Darf ich Ihnen alles von Anfang an erzählen?«

»Ich bitte darum!«

Und Marlies erzählte dem Jäger vom Hochmoor die ganze Geschichte ihres unglücklichen Lebens.

Er hörte ihr schweigend zu ...

Endlich waren sie dem Moor entkommen. Die schmale, gewundene Straße führte hinüber zur Flussniederung, wo der Holzhof lag.

Das Haus war dunkel. Aber die Tür stand noch auf. Marlies richtete ihren Blick auf den Zwinger. Der Hund war eingesperrt. Er ließ ein böses Knurren hören.

Daniel Janisch war also doch nicht zurückgekommen.

Marlies gab dem Jäger die Hand. »Ich danke Ihnen für die Begleitung, Herr Eichler, überhaupt für alles, was ich heute erleben durfte ...«

»Was haben Sie denn erlebt?«

»Das Moor – und Ihre Gesellschaft. Es hat mir gut getan, glauben Sie mir.«

»Vielleicht finden Sie einmal den Weg zu meinem Haus! Ich würde mich freuen.«

»Vielleicht ...«

»Sie brauchen nur auf dem Weg weiterzugehen!«

»Danke – und gute Nacht!«

»Gute Nacht!«

Sie trennten sich. Der Jäger machte sich auf den Weg zurück in sein Haus im Moor.

Marlies ging mit einem weiten Bogen um den Zwinger auf den Hof zu. Der Hund schlug an und fletschte die Zähne hinter dem Gitter. Sie wollte ihn mit ein paar Worten beschwichtigen. Aber wer konnte das schon?

In der dunklen Türöffnung erschien Theresa. Sie musste im Gang gestanden haben, deshalb hatte sie vorher nichts von ihr gesehen.

»Du kommst spät!«, tadelte sie die junge Frau.

»Hast du denn auf mich gewartet, Theresa?«

»Du hast ja keinen Schlüssel mitgenommen. Wir können die Tür nicht unversperrt lassen.«

»Ach, du hast Recht, Theresa! Ich habe nicht daran gedacht.«

»Wenn unser Herr zurückgekommen wäre, hätte ich es ihm sagen müssen, damit er den Hund nicht freilässt, solange du nicht im Haus bist.«

Sie betraten das Haus. Die alte Frau sperrte die Tür zu. »Wenn nur der wieder unterwegs ist!«

»Wer?«

»Der Jäger.«

»Warum? Hast du etwas gegen ihn?«

»Er schaut immer, als hätte er das eigene Lachen verloren!«

»Vielleicht hat er es …?«

»Wie lange kennst du ihn schon?«, wollte die Haushälterin prompt wissen.

»Eigentlich erst seit heute. Das heißt, ich habe ihn schon ein paar Mal gesehen, aber noch nie mit ihm gesprochen. Ich habe ihn auf dem Weg getroffen, und er hat mich begleitet.«

»So? – Dann treib es nur nicht wie die andere! Diesen Rat kann ich dir geben. Unser Herr sieht das nicht gern.«

»Ach so!«

»Mehr kann ich dir nicht sagen.«

»Ist schon gut, Theresa! Gute Nacht!«

Marlies ging die Treppe hinauf und verschwand in ihrer Kammer.

5

Man konnte in den Holzhändler Daniel Janisch schwer hineinschauen. Manche Leute, vor allem der Jäger vom Hochmoor, behaupteten, dass er zwei Gesichter habe, die er je nach Bedarf augenblicklich auszutauschen verstand. Er hatte ein Gesicht für seine Kunden und überhaupt für die Menschen, von denen er etwas bekommen wollte, immer lächelnd, freundlich und hilfsbereit in Rat und Tat. Auf seinem zweiten Gesicht dagegen, das nur sehr wenige Menschen zu sehen bekamen, kam seine brutale Gemeinheit zutage.

Auch Marlies vermochte bei aller Aufmerksamkeit dieses zweite Gesicht nicht an ihm zu entdecken. Er war immer gleich nett und freundlich zu ihr. Auch überwies er ihr jeden Monat ein durchaus angemessenes Gehalt, das sie in einem vernünftigen Gespräch vereinbart hatten, so dass sie schon bezweifeln wollte, ob Viktor Eichler, der düstere Jäger vom Hochmoor, sie richtig beraten hatte, als er sie zur Vorsicht gegenüber diesem Mann ermahnte.

Als der Holzhändler am anderen Tag von seiner Geschäftsreise zurückkehrte und sich die einzelnen Vorgänge während seiner Abwesenheit erklären ließ, lobte er die Klugheit und Tüchtigkeit seiner jungen Buchhalterin. Er freute sich, dass sie schon nach so kurzer Zeit selbstständig zu arbeiten verstand. Er versprach ihr ein höheres Gehalt und stellte ihr die besten Chancen in Aussicht.

So schien es zu bleiben. Es änderte sich nichts, als dass Marlies tatsächlich eine spürbare Leistungszulage bekam.

Sie hatte damit gerechnet, dass Theresa ihm bei der nächsten Gelegenheit ihre Bekanntschaft mit dem Jäger vom Hochmoor verraten würde, aber es geschah nichts …

Einmal brachte er ihr aus der Stadt ein Geschenk mit, ein Etui, das teuren Schmuck enthielt, einen Armreif und einen Ring mit einem Brillanten. »Für Ihre besonderen Leistungen, Marlies«, sagte er lächelnd.

Sie war erschrocken. »Das kann ich nicht annehmen, Herr Janisch!«, wollte sie sich wehren.

»Dieses Geschenk ist nur ein Ausdruck meiner Zufriedenheit«, entgegnete er. »Deshalb müssen Sie es nehmen! Sie sollen den Schmuck tragen, so oft sie wollen. Ich wünsche es!«

Doch dazu hatte sie kaum Gelegenheit. Wo kam sie denn schon hin? Vielleicht sonntags in die Kirche von Niedereich? Was würden die Bauern sagen, wenn sie den Schmuck an ihr sahen? Und wenn sie dann noch erfuhren, dass sie ihn von ihrem Chef geschenkt bekommen hatte?

Sie erinnerte sich an das spöttische Gerede der Burschen, das ihr in den Ohren klang, als sie das erste Mal mit Theresa an der Linde vorbeiging …

Daniel Janisch schien ihre Gedanken zu erraten. »Sie bekommen schon noch die Gelegenheit, das Zeug zu tragen, wenn Sie später einmal unter meiner Führung die Stadt in einem ganz anderen Licht sehen werden als damals!«, lachte er.

Es half nichts, sie musste den Schmuck annehmen. Sie trug ihn in ihre Kammer und sperrte ihn in den Schrank, ohne ihn nur einmal zu berühren. Sie fürchtete sich geradezu davor. Vielleicht hatte auch jene unglückliche Martina solchen Schmuck besessen, den Herr Janisch ihr einmal aufmerksam zugesteckt hatte …?

So vergingen die Tage und Wochen. Der Sommer nahm sein Ende. Im Moor wechselten die Farben. Hier kam die Natur frühzeitig zum Erliegen.

Oft wollte Marlies das Jägerhaus, das tief hinten im Moor lag, aufsuchen, aber sie wagte es nicht. Sie fürchtete nicht nur das Missgeschick, von Daniel Janisch dabei überrascht zu werden, sondern auch die wachsamen Augen der beiden alten Angestellten, die ihr bei jedem Schritt, den sie vor die Tür hinaus machte, misstrauisch nachschauten.

Sie sah den Jäger nur selten, vielleicht sonntags drüben in der Niedereicher Kirche oder einmal draußen auf einem der Wege. Aber das kam äußerst selten vor. Dabei hatte sie jedoch das Gefühl, dass er sehr aufmerksam auf sie achtete. Sie erkannte es an seinem Blick, dass er ihr gut gesinnt war und sich viel mit ihr beschäftigte.

Das beruhigte sie …

»Vergessen Sie nur nicht, wo ich wohne, wenn Sie mich einmal brauchen sollten!«, flüsterte er ihr einmal in der Kirche zu, als sie zufällig neben ihm stand.

Der Jäger vom Hochmoor hatte noch andere Sorgen. Immer wieder fand er Spuren, die auf Wildfrevel schließen ließen. Einmal fand er sogar ein Schlageisen, womit man Raubwild fing.

An diesem Tag war er so entrüstet, dass er den Samenter in seiner Hütte aufsuchte. Es war ein kleines, verlottertes Moosbauerngehöft mit viel

Schmutz und Unrat ums Haus herum, eine Ruine, in der man vergeblich nach einem menschenwürdigen Wohnraum suchte und in der der Samenter mit Frau und einer ganzen Menge Kinder hauste.

Als der Jäger das Haus betrat, lag der Samenter noch im Bett, obwohl es bereits auf Mittag zuging. Die Frau hantierte, umgeben von einer Schar Kinder, in der Stube, in der es nach Stalldung roch.

»Wo ist dein Mann?«, fragte der Jäger. »Ist er bei der Arbeit?«

Die Frau wandte ihm ihr hageres, verdrossenes Gesicht zu. »Bei der Arbeit?«, höhnte sie und lachte grell auf. »Die Arbeit erledigen bei uns die großen Kinder, weil ihr Vater weiß Gott wo rumrennt. Erst heute früh ist der Lump heimgekommen und hat einen Rausch gehabt, das er nicht einmal zur Tür hereingefunden hat!«

»So? – Wo war er denn so lange?«

»Wo anders als beim roten Simon drüben. Der macht ihn noch vollkommen fertig!«

»Und jetzt schläft er noch?«

»Ja, er schläft seinen Rausch aus. Was willst du von ihm?«

»Ich wollte ihn nur etwas fragen.«

»Dazu wird er kaum imstande sein.«

»Dann lass ihn liegen! Ich treffe ihn schon wieder.«

»Hat er etwas angestellt?«

»Ich weiß es nicht. Aber ich sehe, dass es dir sehr schlecht geht!«

»Ja, seitdem er nichts mehr arbeitet und bloß säuft, schaut uns die Not zu allen Fenstern herein«, jammerte die Frau.

»Früher war es aber doch besser?«

»Ja, ich weiß nicht, welcher Teufel ihn so gemacht hat!«

Der Jäger ging wieder. Die Frau und die Kinder taten ihm Leid. Wenn sie noch dazu erfahren würden, dass der Samenter im Verdacht der Wilderei stand, würden sie das Elend vielleicht gar nicht mehr ertragen können.

Er musste noch einmal versuchen, dem Samenter ins Gewissen zu reden, er musste ihn allen Ernstes verwarnen, auch wenn er selbst gar nicht der Wilddieb war. Mitwisser war er auf jeden Fall.

Zunächst wollte er einmal den roten Simon, den Wirt vom »Mooshäusl«, überraschen. Er kam immer mehr zu der Überzeugung, dass es mehrere waren, die dem Wild und ihm, dem Jäger, nachstellten.

Für den Spätherbst war eine große Treibjagd angesagt, wozu eine große Anzahl Gäste geladen waren. Es waren in der Hauptsache geschäftliche und persönliche Freunde des Jagdherrn, lauter wohlhabende Leute, meist aus Unternehmerkreisen, die meist von weither kamen. Aber Herr Heinrich war ein sehr leutseliger Mann, der auf seine Beliebtheit bei der Landbevölkerung großen Wert legte. Deshalb ließ er auch die Bauern von Niedereich an der jährlichen Herbstjagd teilnehmen, soweit sie dazu Lust hatten und eine Jagdflinte besaßen.

Es gab für Viktor Eichler, den Jäger vom Hochmoor, viel zu tun, bis alle Vorbereitungen zu dieser groß angelegten Jagd, die sich über mehrere Tage erstreckte, getroffen waren.

Dass nun auch noch Wilddiebe ihr Unwesen trieben, erfüllte ihn mit steigendem Zorn. Er zögerte immer noch, seinem Herrn darüber Bericht zu erstatten. Er empfand es geradezu als demütigend, gestehen zu müssen, dass es ihm immer noch nicht gelungen war, den oder die Wilderer zu stellen und zu überführen oder sie wenigstens so weit einzuschüchtern, dass sie es nicht mehr wagten, diesen Frevel fortzusetzen.

Es muss wohl auch bei seinem Vater so gewesen sein, der damals genauso gedacht und gehandelt hatte. Auch er wollte auf eigene Faust mit diesen Burschen aufräumen – bis man ihn dann eines Tages in seinem Blut fand, ohne dass zuvor jemand davon gewusst hatte, dass sich im Niedereicher Hochmoor Wilderer herumtrieben. Es wäre gegen sein Ehrgefühl gewesen, den Jagdherrn mit solcherlei Berichten und Anzeigen zu belästigen oder zu beunruhigen. Er wollte allein mit jenen Missetätern fertig werden, dazu war er ja da.

Wie also der Vater damals, so dachte heute auch der Sohn.

Viktor Eichler, der Jäger vom Hochmoor, sagte den Raubschützen eine Fehde an. Er tat es mit noch größerem Grimm als sein Vater, denn der Tod seines Vater war auch noch nicht gesühnt, denn der Verbrecher lief weiterhin frei herum …

Zu später Nachtstunde näherte sich eines Tages Viktor Eichler dem »Mooshäusl«. Von der Ferne hatte es ausgesehen, als hätte der Wirt sich schon zur Ruhe begeben. Das Haus lag dunkel hinter einer Hecke aus hoch gewachsenen Sträuchern, die schon viele Jahre nicht mehr beschnitten worden sein mussten, so wild wucherten sie.

Erst aus der Nähe war zu erkennen, dass an den Fenstern der Gaststube die Läden zugezogen waren und dass durch die Ritzen der Fensterläden schwaches Licht schimmerte.

Hier war also noch längst keine Nachtruhe eingekehrt, obwohl es in der Stube recht still zuging. Es war nichts zu hören, keine Stimme, kein Laut, kein Geräusch.

Der Jäger wollte eintreten, fand die Tür aber verriegelt. Er klopfte ein paar Mal heftig an die Holzfüllung, bis der rote Simon ihm öffnete.

»Ich finde es reichlich komisch, dass der Wirt seine Tür versperrt«, sagte der Jäger.

»Es ist schon sehr spät!«, erwiderte der rote Simon, und dem Jäger kam es vor, als hätte der Mann kein reines Gewissen.

»Bist du allein?«

»Nicht ganz ...«

»Dann wirst du schon erlauben ...?«

Viktor Eichler trat ein. Er stieß die Tür zur Stube auf ...

Zwei Männer saßen da und schauten ihm herausfordernd entgegen. Der eine davon war der Samenter. Er hatte wieder zu viel getrunken, denn er schwankte selbst auf seinem Stuhl sitzend. Der andere war ein Fremder, wenigstens konnte Viktor sich nicht erinnern, ihn schon einmal gesehen zu haben. Es war ein jüngerer, tadellos gekleideter Mann, der viel auf ein gepflegtes Aussehen zu geben schien. Man konnte ihn für einen Vertreter halten, der die Landkundschaft besuchte. Aber dazu hätte er ein Auto gebraucht. Von einem Auto war jedoch vor dem Haus nichts zu sehen gewesen ...

»Willst du etwas trinken?«, fragte der Wirt den Jäger.

»Nein.«

Der Samenter lachte meckernd. »Warum bist du dann gekommen?«

Der Jäger warf ihm einen missbilligenden Blick zu. »Du hast es nötig, Samenter, dass du ganze Nächte hindurch beim Wirt sitzt und bei Tag deine Räusche ausschläfst.«

»Geht dich das etwas an?«

»Nicht direkt – aber vielleicht im Zusammenhang mit deinem nächtlichen Herumzigeunern!«

»Ich bin dir keine Rechenschaft schuldig über das, was ich tue, Jäger vom Hochfilz!«

»Mir nicht, aber deiner Frau und deinen Kindern bist du es, die genug Sorgen mit dir haben! Oder siehst du nicht, wohin es mit dir geht? Wie lange wirst du noch in dieser Ruine von einem Haus wohnen können? Wohin willst du dann deine Familie bringen?«

Der Samenter schnellte von seinem Stuhl hoch. Sein Gesicht war vor Wut knallrot geworden. Aber er schwankte. »Halt ein ...!« Er hob die Faust.

Der Jäger packte ihn bei den Schultern und warf ihn auf den Stuhl zurück. »Mach keine Geschichten, Samenter, und lass mit dir reden. Du bist auf einem gefährlichen Weg! Es tut mir Leid um dich, denn ich weiß ganz genau, dass du nicht allein daran schuld bist, sondern dass du nur für andere deinen Kopf hinhältst!« Dabei äugte der Jäger unmissverständlich nach dem Wirt. Auch den Fremden, der scheinbar gleichgültig dasaß und an einer Zigarette zog, streifte er mit einem abschätzenden Blick.

»Wenn du damit mich verdächtigen solltest ...?«, regte sich der rote Simon auf.

»Ich verdächtige niemanden und alle, solange ich nicht genau weiß, welches Luder in meinem Revier wildert!«, entgegnete Viktor.

»Wildert?«, wiederholte der Wirt bestürzt.

Diese Bestürzung konnte ebenso gut gespielt sein. »Aber ich finde den Kerl! Verlasst euch darauf! Seine Spuren lassen sich verfolgen, und es ist kein Zufall, dass ich heut noch bis hierher ans ›Mooshäusl‹ geraten bin. Wie weit du über diesen Wildschützen informiert bist, Simon, das ist im Augenblick unwichtig. Aber du kannst ihm sagen, dass der Jäger vom Hochmoor den Kampf annimmt!« Damit zog er das Schlageisen hervor und warf es auf den Tisch. »Da! Gib ihm das zurück! Er soll es als Zeichen nehmen, dass ich ihn verfolgen werde, bis er hinter Schloss und Riegel sitzt, wenn er es nicht vorzieht, seinen Frevel einzustellen. Sollte er es aber darauf ankommen lassen, wer von uns beiden die Kugel am schnellsten und treffsichersten aus dem Lauf feuert, sollte er sich nicht verrechnen. Er wird diesmal nicht so ungeschoren davonkommen wie damals bei meinem Vater! Verstanden?«

Das Gesicht vom roten Simon veränderte sich. Seine Augen wurden schmäler. In seiner Haltung war ein Lauern wie bei einer Katze, die jeden Augenblick ihr Opfer anspringt. »Warum sagst du das mir?«, fragte er.

»Weil du der zuverlässigste Mann dafür bist!«, höhnte der Jäger. »Mehr habe ich heute nicht zu sagen.«

Er wollte zur Tür, aber der rote Simon vertrat ihm den Weg. »Doch, es ist noch ein wenig mehr darüber zu reden. Vor allem, dass du mich nicht einfach als Wilderer verdächtigen sollst!«

»Das habe ich nicht getan. Aber ich halte dich für einen Komplizen! Warum, darüber reden wir ein anderes Mal, wenn wir beide etwas mehr über die Dinge wissen!«

Der Jäger wollte weiter und machte einen Schritt vorwärts, so dass er fast mit seinem Gegner zusammenstieß.

»Bleib, sage ich!«, schrie der rote Simon und sah gefährlich aus.

»Wozu denn?«

»So kommst du mir nicht davon! Du wirst mir erst erklären müssen, was dich zu diesem Verdacht veranlasst!«

»Lass mich in Ruhe, Simon! Wir sprechen uns wieder!«

Da fuhr der Wirt dem Jäger mit der Hand an die Brust – aber im gleichen Augenblick flog er so gegen die Wand, dass er sich nur noch stöhnend aufrichten konnte.

Die beiden anderen, der Samenter und der Fremde, waren aufgesprungen, um dem Wirt zu Hilfe zu kommen.

Viktor schaute sie mit flammendem Blick an. »Noch etwas?«, fragte er.

Die beiden schwiegen.

Da verließ der Jäger die Stube und schlug krachend die Tür hinter sich zu.

6

Marlies arbeitete nun schon einige Monate für den Holzhändler Daniel Janisch. Als sie hier anfing, hatte grad der Sommer begonnen, jetzt legte die Natur bereits ihr herbstliches Kleid an. In wenigen Wochen schon würden in den Böen der Herbststürme die welken Blätter der Bäume herumwirbeln. Dann würden auch die Nebel kommen …

Klar und blau rückte das Gebirge heran. Man glaubte, es stände gleich hinter dem Hochmoor, und man brauchte nur ein paar Wegstunden zu gehen, um es zu erreichen. Die Landschaft zeigte sich jetzt in ihrer ganzen Schönheit.

Eines Tages erschien Daniel Janisch ganz überraschend im Büro. Er war in seinem Wagen vorgefahren und ließ ihn vor der Tür stehen, als hätte er nur ganz schnell etwas zu erledigen.

»Machen Sie sich gleich fertig, Marlies. Wir fahren in die Stadt!«, sagte er und blätterte kurz die Post durch, die am Vormittag eingegangen war.

»Aber …«, wollte das Mädchen einwerfen.

»Was aber?«

»Ich meine, muss das sein? Es ist noch viel zu tun hier.«

»Das hat bis morgen Zeit. Gehen wir!« Er verriet eine nervöse Ungeduld.

Marlies wagte nicht zu widersprechen. Sie räumte rasch die herumliegenden Ordner ein. Dann folgte sie ihm nach in den Wohnbereich des Hauses.

»Vergessen Sie nicht, den Schmuck anzulegen!«, rief er ihr hinterher.

Sie war höchst beunruhigt, konnte aber beim besten Willen nichts anderes tun, als seinen Wünschen nachzukommen.

Sie legte ihr neues Kleid an, das sie sich erst vor einer Woche von einem Konfektionsgeschäft hatte schicken lassen. Sie hatte es noch nicht getragen, stellte aber fest, dass es ihr gut passte und auch vortrefflich stand. Widerwillig streifte sie den Armreif über die Hand, als beginge sie eine verräterische Handlung. Sie steckte den Ring mit dem großen, funkelnden Stein an.

Was konnte sie im Augenblick anderes tun?

Er war entzückt, als er sie sah. Dann rief er nur noch schnell Theresa zu, dass sie heute in der Stadt zu tun hätten und dass deswegen das Büro für heute geschlossen bleibe …

Gleich darauf fuhren sie zum Hof hinaus.

Die alte Haushälterin schaute durch das Fenster dem Wagen mit sorgenvollem Gesicht nach.

»Sie wundern sich wohl über diesen plötzlichen Aufbruch?«, lachte Janisch und steuerte seinen Wagen geschickt über die Straße. »So etwas kommt immer überraschend. Ich hatte es schon lange vor, und soviel ich mich erinnere, habe ich es Ihnen auch versprochen, dass wir einmal zusammen in die Stadt fahren. Aber man kommt ja vor lauter Geschäft zu nichts und muss es einmal mit Gewalt anpacken. Es dauert nicht mehr lang und der Winter ist da. Sie haben sicher noch manche Dinge für diese Jahreszeit nötig, ich meine an Kleidung, Wollsachen oder Schuhen. Unsere Wege sind im Winter schlecht, da muss man entsprechend ausgerüstet sein.«

»Aber ich habe gar nicht so viel Geld mitgenommen!«, besann sie sich.

»Wer sagt Ihnen denn, dass Sie Geld brauchen? Ich habe genug davon bei mir! Und es würde mich freuen, wenn ich mich für Ihren Fleiß und Ihre Geschäftstüchtigkeit endlich erkenntlich zeigen könnte.«

Das nahm sie sehr skeptisch auf. Welcher Chef zeigt sich seiner Buchhalterin für ihre geleistete Arbeit noch besonders erkenntlich? Man arbeitete und tat doch nur seine Pflicht. Dafür bekam man seinen Lohn. Vielleicht, dass man zu besonderen Gelegenheiten eine Zulage erhielt, zum Beispiel an Weihnachten oder zum Urlaub. Aber dass man für den kommenden Winter eingekleidet wurde …?

»Ich kann es mit nichts rechtfertigen, dass mir für meine Arbeit diese Sondervergünstigungen zukommen müssten, Herr Janisch«, sagte sie. »Deshalb kann ich ihr Angebot auch nicht annehmen.«

»Das müssen Sie schon mir überlassen, was ich den einzelnen meiner Angestellten zukommen lasse und was nicht. Als meine treu ergebene Buchhalterin, als die Sie sich immer wieder gezeigt haben, dürfen und können Sie mir nicht widersprechen. Also – verlieren wir darüber kein Wort mehr!«

Dann sprach er über andere Dinge und war so unbeschwert und harmlos, dass sie es fast bereute, ihm ihren Argwohn so unmissverständlich gezeigt zu haben. Sie warf ihm einen unauffälligen Blick zu, studierte sein Profil, von dem weiter nichts abzulesen war, als dass er sich in guter Stimmung befand. Von seinen geschäftlichen Erfolgen verwöhnt und auch im Bewusstsein, seinen Mitmenschen gegenüber überlegen zu sein, die ihn alle wie ein rohes Ei behandelten, wiegte er sich in der Sicherheit eines reich bestellten Daseins. Das zeigte sein listiges, selbstgefälliges Lächeln. Wenn man ihm nicht direkt in die Augen schaute, konnte man ihn für einen menschenfreundlichen Biedermann halten. Aber gerade seine Augen, die mutwillig Glanz und Farbe wechseln konnten und eine abgründige Seele verrieten, mahnten bei diesem Mann zur Vorsicht.

Oh, sie hatte ihn genau beobachtet, denn es gab wunderliche Erscheinungen im Haus des Holzhofes. Überall spürte man die Gewalt, die von Daniel Janisch ausging …

So war sie eine Zeitlang in ihre Gedanken versunken, als Daniel Janisch das Gespräch wieder aufnahm und ihr erklärte, was es alles Sehenswertes in der Umgebung gab. Diese Landschaft wirkte nicht sehr einladend, sie bestand vor allem aus Sand und Geröll. Vielleicht war alles einmal vom Fluss überschwemmt worden, der drunten in der Niederung seinen Lauf hatte.

Sie kamen an einem Steinbruch vorbei. Ein Stück weiter rauchte und staubte ein Zementwerk. Aber sie passierten kein Dorf, es war eine recht einsame Gegend.

Unvermittelt kam Daniel Janisch auf Marlies' Schwester zu sprechen. Ob sie denn gar keine Ahnung habe, wo sie sich aufhielte …

»Nein.«

»Vielleicht hat sie inzwischen geheiratet? Da vergisst man in den ersten Jahren leicht Geschwister und Familie.« Er sagte es in einem heiteren Ton. »Sie haben noch nichts unternommen?«

»Nein. Ich wüsste auch gar nicht, an wen ich mich wenden könnte.«

»Nun, es gäbe schon ein paar Möglichkeiten, es muss ja nicht gerade die Polizei sein, die man damit beauftragt. Ich muss mir das einmal überlegen. Vielleicht kann ich etwas für Sie tun.«

»Dafür wäre ich Ihnen sehr dankbar!«

Sie fuhren durch ein breites, altertümliches Tor in die Stadt. Marlies hatte sich hier nicht lange aufgehalten, war nirgends hingekommen und hatte nur wenig gesehen. Es war für sie eine fremde Stadt.

Daniel Janisch war hier heimisch. Geübt lenkte er den Wagen von einer Straße in die andere. Sie überquerten ein paar verkehrsreiche Plätze und mündeten schließlich in eine der Hauptgeschäftsstraßen ein.

Hier hielt er den Wagen an. Sie stiegen aus und betraten ein großes Kaufhaus. In der Abteilung für Damenbekleidung sprach er ein paar Worte zu der Verkäuferin – und jeglicher Widerspruch half nichts, Marlies musste sich von Kopf bis Fuß neu einkleiden lassen.

Sie erkannte sich selbst kaum mehr wieder, als sie sich im Spiegel betrachtete. Gewiss, die neuen Sachen standen ihr gut. Sie hatte die Figur dazu – aber sie war doch nur eine Buchhalterin, eine kleine Angestellte, die außerdem weit draußen auf dem Land lebte und mit Menschen umging, die es ihr nicht gut auslegen würden, wenn sie so gekleidet umherliefe.

Aber Daniel Janisch war entzückt von ihr, ließ alles verpacken, bezahlte und trug persönlich die prall gefüllten Tüten.

Sie wurde nicht gefragt …

Sie besuchten noch mehrere Geschäfte, und zum Schluss war Marlies so reich beschenkt, dass sie von einer gefeierten Primadonna darum beneidet werden konnte. Sie wusste sich keinen Rat.

Dann fuhr er mit ihr in ein vornehmes Restaurant, das von einem Park umgeben über den Flussauen stand. Sie setzten sich in den Wintergarten.

Eine mehrköpfige Musikkapelle spielte und es wurde sogar getanzt.

Marlies wusste nicht, wie sie dazu kam, aber plötzlich folgte sie Herrn Janisch auf das Parkett. Sie tanzte mit ihm und verlor in dieser Atmosphäre den Rest ihres Widerstandes, den sie dem Mann entgegensetzen wollte. Sie ließ sich einfach gehen …

Es war tiefe Nacht geworden, als sie endlich die Heimfahrt antraten.

Marlies hatte nur wenig getrunken, trotzdem war ihr der starke, süße Wein in den Kopf gestiegen. Es kam ihr alles vor wie ein Traum, über den sie sich nicht einmal freuen konnte.

Sie lehnte sich schweigend zurück.

Als sie durch das Tor die Stadt verlassen hatten, kam die Nacht finster und unheimlich auf sie zu. Nur die Scheinwerfer des Wagens beleuchteten grell die Straße.

»Du sagst gar nichts«, fing er plötzlich an zu reden. »Hat es dir nicht gefallen?«

Sie bemerkte zunächst gar nicht, dass er plötzlich das »Du« gebrauchte, ohne dass sie es ihm angeboten hatte.

Sie schwieg und sinnierte vor sich hin.

»Oder stößt du dich daran, wenn ich nun ›du‹ zu dir sage? Dann sollst du auch wissen, dass es eine ganz besondere Auszeichnung ist. Dass du mir verpflichtet bist – und ich möchte dir verpflichtet sein, Marlies. Verstehst du mich?«

Sie sagte nichts darauf. – Er lachte und es sollte gemütlich klingen, aber es war ein rauer Unterton dabei. Er verminderte das Tempo, als ginge es ihm zu schnell. Vielleicht fürchtete er, zu früh heimzukommen und ihr nicht mehr alles sagen zu können, was er sagen wollte.

»Ich wollte dir schon lange etwas anvertrauen, Marlies. Ich weiß nicht, warum ich solange damit gewartet habe. Vielleicht hatte ich nicht den Mut dazu, denn man spricht nicht gern bei anderen Menschen über seine Verhältnisse. Dass ich ein reicher Mann bin und mein Geschäft im Griff habe, das hast du aus den Büchern und Konten ersehen. Und was sonst mit mir los ist, das werden dir wahrscheinlich die Leute erzählt haben. Es fragt sich nur, wie sie es getan haben. Und darum denke ich, ist es an der Zeit, selbst einmal mit dir über meine privaten Verhältnisse zu sprechen.«

Sie hatte plötzlich Angst. Sie fuhren auf einer einsamen Straße und es verging eine Menge Zeit, bis wieder einmal ein Licht eines Fahrzeuges entgegenkam, oder bis sie von einem nachfolgenden, schneller fahrenden Auto oder Motorrad überholt wurden.

Es kam ihr in den Sinn, dass sie nun mit diesem Mann ganz allein war, vor dem der Jäger vom Hochmoor sie so eindringlich gewarnt hatte …

»Ich bin der Meinung, dass kein Mensch seinem Schicksal entrinnen kann, und je williger er sich dazu bekennt, desto besser wird er fahren«, setzte er nach kurzer Pause das Gespräch fort. »Als ich dich an jenem Abend auf der Straße sah und mitnahm, habe ich noch keine Ahnung gehabt, dass diese Begegnung zur schicksalhaften Wende meines eintönigen Alltags führen könnte. Ich stehe heute in den besten Mannesjahren und es braucht dich nicht zu wundern, dass ich mich viel mit dir beschäftige. Nicht nur deine Tüchtigkeit und dein Arbeitswille, auch dein Wesen, deine Erscheinung ließ mich nicht mehr los. Dann wusste ich es: Ich liebe dich, Marlies! Du bist die Frau, die mir in meinem Leben fehlt! Ich frage nicht nach deiner Vergangenheit. Und solltest du einmal gestrauchelt sein, ich kümmere mich nicht darum. Ich liebe dich ganz einfach so wie du bist! Und wehe dem Menschen, der es wagen sollte, über dich herzuziehen!«

Er schwieg wieder, aber er war unruhig geworden. Man merkte es am Fahren. Bald drückte er so auf das Gaspedal, dass der Motor aufheulte, dann kam der Wagen beinahe zum Stehen, oder er riss in den Kurven das Steuer so herum, dass es sie fast aus dem Sitz hob.

Marlies hatte große Angst. Sie wusste nicht, was sie ihm entgegnen sollte, ohne seinen Ärger zu wecken.

»Du sagst nichts?«, fragte er. »Du denkst wohl, ein verheirateter Mann darf so nicht sprechen. Darauf antworte ich dir, dass meine Ehe sehr unglücklich war. Es wäre albern, wenn ich nun alle Schuld meiner Frau zuschieben wollte. Wir haben uns einfach nicht verstanden, haben nicht zusammengepasst und nicht zusammengehört. Was wir für Liebe hielten, war nur ein kurzer Wahn. Und so ist es gekommen, wie es ist: Wir haben uns in beidseitigem Einvernehmen getrennt ...«

Marlies schaute in die Nacht. Wie lange dauerte es denn noch, bis endlich die Lichter von Niedereich auftauchten! Wann nahm dies alles ein Ende!

»Ich erwarte nun deine Antwort, Marlies. Ich kann sofort die Scheidung einreichen«, fuhr er fort. »Nun?«

»Meine Antwort kann nur sein, dass ich nie einen geschiedenen Mann heiraten würde!«, entgegnete sie jetzt, und sie wusste nicht, woher sie den Mut dazu nahm. In der Ferne tauchte ein Licht auf. Es war Niedereich. Endlich!

Er lachte fast belustigt auf. »Muss man denn unbedingt heiraten, wenn man liebt?«, fragte er. »Gut, wenn du so denkst, dann eben nicht. Wichtig ist die Liebe, die zwei Menschen zusammenführt. Mädchen, was könntest du aus mir machen, wenn du nur wolltest. Ich bin reich. Es gibt nichts, was wir uns nicht leisten könnten! Es gibt keinen Wunsch, den ich dir nicht erfüllen kann! – Ich will dafür nur dich! Du sollst mir gehören!«

»Nein!«, schrie sie entsetzt auf.

Aber er lachte nur. »Du bist ein wenig bestürzt. Ich habe dir heute zu viel zugemutet. Überlege dir alles gründlich. Erinnere dich, woher du kamst, und stelle dir vor, welche Zukunft du hast, wenn du in mir nicht mehr den Chef siehst, sondern den Mann, der dir in allem ergeben ist! – Aber beruhige dich! Ich lasse dir Zeit! Ich muss für eine ungewisse Zeit verreisen. Ich hole mir deine Antwort, wenn ich zurückkomme.«

Marlies atmete auf. Die Lichter von Niedereich kamen näher. Sie beschloss, zu fliehen, sobald er seine Reise angetreten hatte. Wenn er zurückkehrte, war sie ganz einfach nicht mehr da …

»Was ich noch sagen wollte«, begann er in einem ganz anderen, fast sachlichen Ton. »Es kommen jetzt Herbstnebel, die sich am Fluss so verdichten, dass wir uns in einer ewigen Nacht befinden. Es ist schon vorgekommen, dass tagsüber das Papierholz in größeren Mengen gestohlen wurde. Seitdem wird der Hund während meiner Abwesenheit auch untertags aus dem Zwinger gelassen. Ich sage dir das nur, damit du dich nicht in Gefahr begibst. Wenn du das Haus verlassen willst, dann verständige zuvor den Toni, damit er die Dogge einsperrt.«

Marlies erschrak. Sie ahnte, dass er ihre Gedanken erraten hatte. »Aber es kommen doch auch manchmal Kunden. Kann da nichts passieren?«

»Nein, es kommen in dieser Zeit keine Kunden, weil jeder weiß, dass ich nicht da bin. Außerdem wird draußen am Weg ein Warnschild aufgestellt, das niemand übersehen kann.«

Sie merkte, dass sie eine Gefangene geworden war ...

Als sie durch das stille, nächtliche Dorf fuhren, war nur noch in vereinzelten Fenstern Licht. Die meisten Gehöfte lagen schon im Dunkeln.

»Ich hätte beinahe Lust, noch ein wenig beim roten Simon einzukehren. Der Kontrast zu dem hübschen Lokal, das wir heute in der Stadt aufgesucht haben, müsste uns einen Höllenspaß bereiten!«, sagte er wieder ganz heiter.

Aber Marlies traute ihm nicht. »Bitte, heute nicht mehr!«, bat sie.

»Wenn du nicht willst ...? Dein Wunsch ist mir Befehl!«

Er steuerte den Wagen der Flussniederung zu, wo der Holzhof lag. Sie kamen mit dem Moor nicht mehr in Berührung.

»Zufrieden?«, fragte er.

»Ja – danke!«

»Bevor ich morgen wegfahre, treffen wir uns noch im Büro. Es gibt einiges zu besprechen.«

Er war wieder ganz ruhig, und doch hatte Marlies das Gefühl, als wäre es die Ruhe vor dem Sturm.

Das Haus war dunkel. Die beiden alten Angestellten waren schon zu Bett gegangen. Aus dem Zwinger kam das Freudengeheul des Hundes. Er erkannte den Wagen seines Herrn ...

Marlies stieg aus. Er ging mit ihr bis zur Tür. »Ich werde noch zum roten Simon fahren«, sagte er. »Hast du etwas dagegen?«

»Gewiss nicht.«

»Dann schlaf gut!«

»Gute Nacht.«

Er gab ihr die Hand, und sein Blick ließ bei ihr keinen Zweifel aufkommen, wie sicher er sich seiner Sache war.

Marlies stieg zu ihrem Zimmer hinauf und drehte an der Tür zweimal den Schlüssel herum. Ohne Licht zu machen, ging sie zum Fenster und schaute auf den Hof hinab. Sie sah, dass Janisch den Zwinger öffnete und die riesige Dogge freiließ. Er klopfte dem Tier auf das Fell und wehrte sich gegen die Freudensprünge, mit denen der Hund ihn umzuwerfen drohte.

Wenig später fuhr das Auto weg.

Marlies ahnte, dass die Entscheidung vor der Tür stand, und sie wusste, dass sie in diesem Haus nicht mehr bleiben konnte. Lieber lief sie wieder hinaus auf die Straße und einem unbekannten Ziel zu. Sie wollte auf keinen Fall die Geliebte dieses Mannes werden, und sie wusste auch, dass er sie mit allen Mitteln dazu bringen würde. Sie fing an, ihn zu fürchten und zu verabscheuen.

Misstrauisch begegnete sie dem alten Toni, der in diesen Tagen der Abwesenheit seines Herrn geradezu wachsam um alle Wege war, als hätte er einen Auftrag bekommen.

Auch der große Hund schlich um das Haus, beschnupperte die Erde, wo immer nur Menschen gegangen waren und tauchte überall dort auf, wohin man gerade schaute.

Der Holzhof war zu einem Gefängnis der Menschen geworden, die hier wohnten und arbeiteten.

Marlies sah sich gefangen …

Sie wollte sich darüber empören, doch der alte Toni stellte sich taub. In seiner hochbeinigen, dürren Gestalt glich er einem bösen, heimtückischen Gespenst, dem das Unheil anhaftete.

Auch Theresa war verstockt und ihr Gesicht seltsam verschlossen.

»Es wird mir doch niemand sagen wollen, dass dieser Zustand normal ist?«, brach es eines Tages aus Marlies heraus, als sie mit den beiden Alten zu Tisch saß. »Man kommt sich hier vor wie in einem Gefängnis!«

Der alte Toni ging nicht darauf ein. Er hatte offenbar nichts gehört …

»Das ist immer so um diese Zeit, und wir sind es gewöhnt«, entgegnete Theresa. »Außerdem treibt sich gerade übles Gesindel herum. Man sagt, dass im Hochmoor gewildert wird. Einem Bauern von Niedereich wurde beim helllichten Tag eine Kuh aus dem Stall gestohlen. Sind wir froh, dass der Hund vor der Tür liegt, solange unser Herr nicht anwesend ist.«

»Ich möchte wenigstens ein bisschen an die Luft gehen!«

»Wohin denn? Vielleicht ins Moor hinein? Willst du dort umkommen wie die Martina? Nein, das ist zu gefährlich. Wir haben den Auftrag, auf dich zu achten ...«

Jetzt wusste Marlies, was hier gespielt wurde. Mit entsetzen Augen starrte sie die alte Frau an.

»Hast du Angst?«, fragte Theresa.

»Ja, ich habe Angst!«

»Doch nicht vor uns? Wir tun dir nichts.«

»Nein, ihr tut mir nichts. Aber ich will fort.«

»Damit dich der Hund zerreißt!«

»Der Toni soll ihn in den Zwinger sperren!«

»Das darf er nicht. In wenigen Tagen kommt der Herr zurück. Dann ist alles wieder in bester Ordnung.«

Marlies ging trotzig weg.

Die Alte schien Mitleid mit ihr zu haben. Sie folgte ihr. »Ich weiß schon, du machst dir Gedanken«, sagte sie. »Unser Herr möchte dich für immer hier behalten. Du gefällst ihm halt recht gut, darum fürchtet er, dass du ihm eines Tages davonlaufen könntest. Er ist eben bei allem Reichtum ein einsamer Mensch. Aber so, wie du fürchtest, ist es nicht! Glaube mir! Ich bin jetzt bald dreißig Jahre in diesem Haus. Ich war schon da, als Daniel Janisch noch ein Bub war. Sein Vater muss irgendwo im Osten daheim gewesen sein und hat sich zunächst in der Stadt niedergelassen. Als er starb, übernahm Daniel das Erbe und kaufte den Holzhof. Seine Frau wollte die Stadt nicht verlassen, es kam zu den ersten Zerwürfnissen. Jetzt leben sie getrennt. Er hätte sich wohl schon längst scheiden lassen, aber die Frau verweigert ihre Einwilligung. Sie steht so wohl besser da. Aber der Hass wurde größer ...«

Marlies hatte genug gehört. Was gingen sie die Familienverhältnisse des Holzhändlers an?

»Fürchten brauchst du dich nicht. Wenn du nicht willst, dann eben nicht. Zwingen kann dich niemand! Und ich bin ja auch noch im Haus ...«

Der Herbst machte sich nun deutlich bemerkbar, in der Natur, im Wetter und im Licht der Sonne. In den Nächten stiegen die Nebel aus den Niederungen, sie verdichteten sich und breiteten sich über die ganze Landschaft aus. Erst gegen Mittag lösten sie sich gewöhnlich auf, oft überhaupt nicht. Aber es gab auch Föhnwetter, bei dem die Luft so klar war, dass man über das Moor hinweg in die Berge schauen konnte. Auch in den Nächten, wenn der Mond aufgegangen war, leuchtete der ganze Himmel, und die Wolken, die darüber schwammen, waren mit Goldrändern eingefasst. Dann war es so hell, dass man die einzelnen Bäume vor dem Moor aufragen sah.

Tag um Tag hatte Marlies auf den Jäger vom Hochmoor gewartet. Aber er wusste wohl nicht, in welcher Lage sie sich befand. Sonst wäre er sicher gekommen, um sie zu befreien.

Der düstere, verschlossene Mann war ihr sympathisch geworden, seitdem sie wusste, dass er einmal tiefe Gefühle für eine Frau empfunden hatte.

Er war der Nachbar jenes Kreuzes im Schilf, das ihn immer wieder an den unglücklichen Tod eines Menschen erinnerte, den er allein nur zu kennen glaubte, weil er ihn liebte.

Sie wusste, er würde anders sprechen als die alte Theresa, und er würde sie herausholen aus diesem Haus, auch wenn er sich dabei in tödliche Gefahr brachte ...

So gingen die Tage dahin, ohne dass etwas geschah. Die Arbeiter waren jetzt bei der großen Trift. Es gab nicht viel zu tun im Büro. Sie half nebenbei sogar manchmal der Theresa im Haus oder bei der Wäsche, nur um nicht allein zu sein.

Und da lockte der alte Toni eines Tages den Hund in den Zwinger. Aber die Hoffnung, dass damit nun endlich der Hausarrest beendet sein könnte, hatte Marlies getäuscht: Theresa wurde von einem etwa zehnjährigen Knaben, der Hilfe suchend am Tor stand, zum Samenter gerufen. Seine Mutter sei die Kellertreppe hinabgestürzt und wäre ohne Besinnung. Der Vater ist nicht daheim, und sie, die Kinder, wüssten sich nicht zu helfen.

Theresa nahm diese Nachricht gefasst auf, band die Arbeitsschürze ab und rüstete sich sofort zum Aufbruch. Nebenbei murrte sie nur über den Samenter, der in der Gegend herumstreunte und die letzten Groschen beim roten Simon vertrank, während seine Frau nicht mehr ein und aus wusste vor Elend.

Aber was half es, man musste den Leuten zu Hilfe kommen.

Und mit dem Bub zusammen verließ Theresa das Haus.

Marlies schaute ihr betroffen nach, als sie mit großen Schritten davonging. Sie hatte das Gefühl, dass sie nun ganz verlassen war.

Und kaum war das Hoftor hinter den Davoneilenden zugefallen, ließ Toni den Hund wieder aus dem Zwinger.

Marlies wurde auch von der Hoffnung getäuscht, dass die alte Frau bald zurückkommen würde. Doch als die Nacht hereinbrach, war sie noch nicht da. Toni legte sich frühzeitig nieder. Was hätte er auch tun sollen. Sich mit der jungen Buchhalterin unterhalten? Sie hatten einander nichts zu sagen. Schwerhörige hatten es nicht gern, wenn sie angesprochen wurden, zumal von Leuten, mit denen man kaum Umgang hatte.

Marlies lehnte sich zum offenen Fenster hinaus und wartete auf die Heimkehr von Theresa. Es musste beim Samenter doch schlimmer bestellt sein, als man angenommen hatte. Es waren auch viele Kinder da, die versorgt und ins Bett gebracht werden mussten. Und der Vater trieb sich herum und vertrank das Geld! Es gab so viel unverschuldetes Leid in der Welt …

Es war wieder eine der hellen Föhnnächte. Der Mond stand am Himmel und beleuchtete die Wolken. Dann und wann wurde er davon verdeckt, aber er kam bald wieder hervor, weil die Wolken sehr schnell weiterzogen.

Wind war aufgekommen. Er rauschte durch die Bäume.

Marlies machte kein Licht. Sie wartete auf Theresa, um den Toni zu wecken, damit er den Hund einsperre, wenn die Haushälterin ans Hoftor klopft.

So verging Stunde um Stunde.

In dieser Nacht geschah es. Marlies stand am verdunkelten Fenster ihrer Kammer und schaute unentwegt auf die Straße, der man mit den Augen ein kleines Stück weit folgen konnte, die sich dann aber im Gestrüpp verlor. Aus der Niederung kam das monotone Rauschen des Flusses und über dem weiten, schweigenden Moor lag der gespenstische Schein des Mondes.

Marlies wartete auf die Rückkehr von Theresa. Es kam ihr plötzlich alles so unheimlich und feindselig vor. Sie wollte auf einmal nicht mehr daran glauben, dass die alte Frau tatsächlich ins Haus des Samenter geholt worden war, um der Familie zu helfen, vielmehr sah es nach einem Weglocken aus, als wäre sie hier im Weg.

Marlies hatte die Tür ihres Zimmers sorgfältig abgesperrt. Sie legte ihre Kleidung nicht ab, sondern blieb vollkommen angezogen, als stünde der Entschluss fest, das bedrohliche Haus zu verlassen, sobald sie sich in Gefahr wusste.

Sie hatte festgestellt, dass der alte Toni, bevor er schlafen gegangen war, den Hund wohl wegen Theresa in den Zwinger eingesperrt hatte.

Marlies hätte nun Gelegenheit gehabt, das Haus zu verlassen. Vielleicht hätte sie es auch getan, aber es war tiefe Nacht.

Wohin hätte sie auch fliehen können? Ins Dorf? Dort hätten die Menschen die Köpfe über sie geschüttelt.

Vielleicht hätte sie sich sogar verdächtig gemacht, etwas Strafbares angestellt zu haben. Dass sie von Angst getrieben aus ihrer Stellung geflohen war, hätte ihr wohl niemand geglaubt.

Oder sollte sie zum Jäger vom Hochmoor laufen?

Er hätte sich bestimmt daran gestoßen, denn er war ein anständiger Kerl. Vielleicht hätte er sie sogar verdächtigt, dass sie ihm aus niedrigen Beweggründen nachlaufen wollte.

Es war Nacht und das Moor konnte ihr genauso zum Verhängnis werden wie damals der unglücklichen Martina …

Wenn Theresa in dieser Nacht nicht heimkam, dann wollte Marlies warten, bis das erste Licht des neuen Tages im Osten graute.

Das wäre bestimmt der richtige Augenblick, um zu fliehen …

Sie überlegte, wie lange es wohl dauern würde, bis der Toni durch das Gebell des Hundes aufwachen und aus dem Bett kriechen würde, um nach der Ursache der Störung zu schauen. Er hörte sehr schlecht und würde sicher nicht sofort wach werden. Dadurch konnte sie Zeit gewinnen und schon weit entfernt sein.

Ja, sie musste beim ersten Morgengrauen fliehen. Es war die einzige Möglichkeit. Der Hund war eingesperrt.

Immer wieder hörte sie das leise Rascheln aus dem Zwinger herauf. Oh, wie sie dieses schleichende, gefährliche Tier hasste!

An der Hausmauer ragte das Gestänge eines Spalierbaumes herauf. Es reichte fast bis an ihr Fenster. Sie dachte daran, dass sie notfalls sogar über die Latten hinabklettern könnte, falls der Toni den Hausschlüssel an der versperrten Tür abgezogen hatte.

Vom Moor her hörte sie bisweilen den Schrei eines Nachtvogels. Oder war es ein Fasan? Es waren unheimliche Laute, überhaupt hatte das nächtliche Moor mit den vielen Gefahren, die dort lauerten, etwas Abschreckendes, Feindseliges an sich.

Sie musste warten, bis der neue Tag kam …

Sollte sie sich hinlegen, die Decke über die Ohren ziehen und zu schlafen versuchen? Warum tat sie es nicht? Schließlich musste sie morgen bei Kräften sein!

Sie legte sich nicht hin, sondern verharrte am Fenster und wartete immer noch auf die Rückkehr von Theresa. Sie musste doch endlich kommen.

Aber die alte Frau kam nicht ...

Und dann sah sie es: Aus der Nacht tauchte plötzlich grelles Licht auf. Es kreiste und tanzte über die Gegend, beleuchtete Bäume und Sträucher und griff weit hinein in die Nacht. Mit Erschrecken stellte Marlies fest, dass es die Scheinwerfer eines Autos waren.

Und da hörte sie trotz des Rauschens des Flusses auch schon das brummende Geräusch eines Motors.

Daniel Janisch kehrte heim ...

Hatte sie nicht darauf gewartet? War es ihr nicht schon den ganzen Abend so gewesen, als müsste heute noch etwas passieren?

Vorsichtig spähte sie hinaus. Das Auto kam heran. Dann stand es draußen auf der Straße. Das Hoftor wurde aufgestoßen. Die Gestalt eines Mannes tauchte im Schein des Lichtes auf.

Es war tatsächlich Daniel Janisch ...

Er fuhr den Wagen in den Hof.

Der Hund im Zwinger heulte freudig auf.

Marlies drang das Blut zum Herz. Die kalte Nachtluft, die zum Fenster hereindrang, ließ sie plötzlich erschauern, als würde sie von einem Schüttelfrost befallen.

Sie hörte, wie er dem Hund ein paar Worte zurief und auf das Haus zuging. Die Lichter am Auto hatte er abgeschaltet.

Marlies trat vom Fenster zurück und lauschte auf die Schritte, die jetzt drunten im Haus hörbar wurden. Sie wartete darauf, dass er irgendwo im Büro oder in der Wohnstube zur Ruhe käme. Aber es wurde nicht still. Rastlos drangen die dumpfen Schritte des Mannes in ihr Ohr.

Vielleicht wollte er heute noch eine Antwort auf seine Frage? Hätte er wirklich die Frechheit und Unverschämtheit, sie mitten in der Nacht damit zu bedrängen? Man konnte es ihm schon zutrauen, und es hatte den Anschein, als hätte er alles dafür vorbereitet. Der schwerhörige Toni schlief. Theresa war aus dem Haus geholt worden. Marlies war mit dem Mann allein …

Wenn sie sich weigerte, würde er wohl Gewalt anwenden. Wie lange hielt die versperrte Tür seiner Kraft stand, wenn er, wie sie befürchtete, in ihr Zimmer einzubrechen versuchte?

Sie hörte immer noch drunten seinen Schritt.

Jetzt ging eine Tür. Dann kam er die Treppe herauf. Das Blut klopfte Marlies in den Schläfen, als sie ihn geradewegs und forsch auf ihre Tür zukommen hörte.

Er klopfte. Sie antwortete nicht gleich, und er klopfte stärker an die Tür.

»Bitte?«, sagte sie, ihre Stimme mit Gewalt zur Ruhe zwingend.

»Marlies – entschuldige! Ich bin eben zurückgekommen«, sagte er. »Ich hätte sehr dringende Dinge zu besprechen. Bitte, komm doch einen Augenblick ins Büro!«

»Jetzt noch? – Hat das nicht Zeit bis morgen?«

»Nein, ich muss gleich wieder weg!«

Sie antwortete nicht.

»Hörst du? – Ich warte drunten auf dich. Komm bitte gleich nach!«

»Nein!«, entfuhr es ihr.

Eine Weile war es still.

»Wie?«, sagte er dann und lachte. »Du willst nicht?«

»Nein.«

»Wie dumm du bist! Denn die Sache ist so wichtig, dass ich dich mit Gewalt zwingen müsste und deine Tür aufsprengen würde. Mache also keine Geschichten und komm heraus! Es soll dein Schaden nicht sein, wenn ich dich um deine Nachtruhe bringe!«

Darauf entfernte er sich und ging wieder hinunter.

Marlies stand mit verzweifelter Entschlossenheit da. Sie wusste, dass sie ihm nicht Folge leisten würde.

Sie warf einen Blick durch das Fenster. Der Hund war im Zwinger, aber sie hatte Angst, dass Daniel Janisch ihn freilassen könnte.

Aber daran dachte er wohl im Augenblick nicht.

Eine Weile blieb es still.

Da ging abermals die Tür drunten, und sie hörte wiederum einen Schritt auf der Treppe. Diesmal schneller, lauter, heftiger. Er schien sehr erregt zu sein …

Da packte sie verzweifelte Angst, und ohne sich der Tragweite und Gefahr ihres Tuns bewusst zu sein, kletterte sie einer plötzlichen Eingebung folgend auf das Fensterbrett, tastete mit den Füßen nach einem Halt im Spaliergitter, als hätte sie diesen ungewöhnlichen und letzten Fluchtweg in allen Einzelheiten in Erwägung gezogen und durchdacht …

Fast lautlos kletterte sie an der Hausmauer hinunter, krallte ihre Hände in die Sprossen des Holzgestänges und hielt sich daran fest. Jetzt durfte sie nicht versagen. Es gab kein Zurück mehr.

Sie hörte sein Klopfen an der Zimmertür, seine Stimme im Flur hallen, zuerst noch verhalten, dann immer lauter, befehlender und ungeduldiger …

Im Zwinger bellte der Hund auf und rannte gegen das Drahtgeflecht.

Da erreichte sie unbeschadet die Erde – und wie von Furien gejagt eilte sie zum Hoftor hinaus und rannte auf der Straße dahin.

Sie nahm die Richtung zum Moor, denn sie musste versuchen das Haus des Jägers zu erreichen. Mochte Viktor Eichler von ihr denken, was er wollte! Hatte er nicht selbst gesagt, sie könne zu ihm fliehen, wenn sie sich in Gefahr glaubte? Jetzt wusste sie sich in Gefahr – was konnte sie dafür, dass es mitten in der Nacht war?

Sie stellte sich vor, dass Daniel Janisch jetzt mit Gewalt die verschlossene Tür aufsprengte, wie er zunächst bestürzt in das Zimmer schaute und das geöffnete Fenster sah, durch das sie geflohen war. Er würde bestimmt gleich die Verfolgung aufnehmen, seinen Wagen herumreißen und die Straße entlang rasen, die Augen auf das weit greifende Licht der suchenden Scheinwerfer gerichtet.

Ihr Atem flog, sie rannte, so schnell sie konnte. Sie stolperte ein paar Mal über einen Stein oder ein anderes Hindernis und stürzte, richtete sich aber gleich wieder auf und achtete nicht auf die Schmerzen der Wunden, die sie sich dabei an Knien und Händen zuzog.

Sie lief weiter, als müsste sie dem Tod entfliehen. Sie wollte an der Länge des Weges verzweifeln und glaubte, das Moor nicht mehr zu erreichen. Es schien, als schwimme es immer in gleich bleibender Entfernung vor ihr her und wieder davon.

Sie hatte die Hoffnung, im Dunkeln des Schilfes und Gesträuches den Augen ihres Verfolgers entrinnen zu können, und sie atmete befreit auf, als sie endlich das Strauchwerk erreichte, das am Rand des Moores emporwuchs.

Sie dachte nicht an die Gefahr, die im Sumpf lauerte. Sie hatte heute keine Angst vor dem nächtlichen Hochmoor …

Sie lief weiter auf dem einsamen Weg. Der Wind raschelte im Schilf und rauschte durch die Erlen. Der Mond war aus den Wolken getreten. Sein Schein lag hell auf dem nächtlichen Filz, er spiegelte sich in den abgründigen Sümpfen.

Sie erreichte das erste Brückchen und wusste, dass sie sich auf dem richtigen Weg befand. Wie gut, dass sie schon einmal das Kreuz im Schilf gesucht hatte! Welch Glücksfall, dass sie damals den Jäger getroffen hatte, der ihr gesagt hatte, dass sie nur immer auf diesem Weg weiterlaufen müsste, um an sein Haus zu gelangen …

Erschrocken blieb sie stehen, horchte auf und sah sich gehetzt um.

Es gab keinen Zweifel, sie hatte Schritte gehört, menschliche Schritte. Sie mussten dort aus dem Gestrüpp gekommen sein. Dort war auch ein Knacken und Rascheln, als wäre jemand durch das dichte Geäst herausgebrochen …

Und dann sah sie es: Es war kein Mensch – es war ein riesiges Tier, das aus der Nacht heranschoss – es war der Hund, die Riesendogge Daniel Janischs, die fast geräuschlos den Weg heraufrannte. Sie hörte nur das Keuchen …

Sie sah sich rettungslos verloren und vermochte nur noch einen durchdringenden Schrei auszustoßen – dann wurde sie von dem furchtbaren Tier angesprungen und zu Boden geworfen. Sie spürte, wie die Zähne ihr in das Fleisch des Oberarms stießen und hatte das Gefühl, als würden ihr die Glieder einzeln vom Leib gerissen.

Noch einmal schaffte sie es aufzuschreien – dann ließ der Hund plötzlich von ihr ab. Sie hörte ein Knurren, sein blutrünstiges Keuchen – sie sah gerade noch, wie er einen hageren, zerlumpten Mann ansprang, der irgendwo aus dem Schilf kam und sich in die Flucht schlagen wollte. Auch der Mann schrie jetzt entsetzt auf und wurde von dem rasenden Tier der Länge nach niedergeworfen.

Und dann krachte ein Schuss …

Der Hund heulte auf. Er biss und schlug noch ein paar Mal um sich, dann brach er zusammen.

Was war geschehen? Marlies wollte sich erheben. Ihre Glieder schmerzten so, als hätte sie die Knochen gebrochen. Ihr Kleid war zerrissen, und auch die Haut hing ihr zerfetzt vom Arm. Sie stöhnte und weinte in ihrer Angst.

Da kam jemand auf sie zu, neigte sich über sie, griff nach ihr.

Sie erkannte den Jäger vom Hochmoor …

Aufschluchzend hielt sie ihn umklammert.

»Himmel!«, rief er entsetzt. »Sie sind es? Marlies? – Was ist denn geschehen?«

Sie vermochte ihm nicht zu antworten. Sie wurde von einem Weinkrampf geschüttelt.

Er sah, dass sie schlimm zugerichtet war und dass sie sofort ärztlich versorgt werden musste, wollte man nicht ihr Leben gefährden.

Er hielt sie fest und versuchte sie zu beruhigen. Dann wandte er den Kopf herum. »Samenter!«, schrie er. »Samenter! – Komm her! Lass jetzt ab von deinem feigen und verlogenen Versteckspiel! Hilf mir lieber! Wir müssen sie zu mir nach Hause bringen, sie ist schwer verletzt.«

Halb ärgerlich, halb verzweifelt schrie der Jäger die Worte in die Nacht. Aber der Samenter war bereits weggelaufen. Er hinkte. Der Hund hatte ihm eine Wunde am Bein beigebracht. Er hätte sich wohl in seinem Hals verbissen, wäre er nicht gerade noch rechtzeitig von der gut gezielten Kugel des Jägers getroffen worden.

Nun hörte der Samenter den Jäger rufen. Woher wusste der Eichler, dass er es war, dem er heute auf die Fersen gerückt war? Der Moorbauer überlegte fieberhaft, dass er ja nicht gesehen wurde, und solange sie sich nicht Auge in Auge gegenübergestanden haben, konnte er immer noch leugnen.

»Samenter! – Willst du, dass noch einmal ein Mensch im Moor umkommt? Bist du so feige, dass du dir keinen einzigen Gedanken darüber machst, was aus dir geworden wäre, wenn ich nicht geschossen hätte?«

Jetzt blieb der Samenter stehen. Es regte sich so etwas wie ein Gewissen in ihm. Immer noch zögernd und etwas widerwillig wandte er sich um und hinkte zurück. Seine lange, hagere Gestalt erschien auf dem Brückchen. Dort hielt er sich am Geländer fest und schaute hinüber. »Was soll ich tun?«, fragte er, jetzt schon etwas beschämt.

»Hilf mir, sie heimzutragen. Du siehst ja, dass sie nicht gehen kann!«

»Wohin?«

»Zu mir, in mein Haus!«

»Und dann?«

»Dann kannst du gehen, wohin du willst.«
»Und dann …«
»Nichts mehr.«
»Dein Wort …?«
»Mein Wort.«

Jetzt brach der Samenter ein paar kräftige Äste von einer Weide. Geschickt und schnell flocht er daraus eine stabile Tragbahre.

Marlies wurde daraufgelegt, denn sie konnte sich kaum mehr auf den Beinen halten. Über ihr Gesicht rann Blut. Es lief ihr in die Augen.

Der Jäger und der Samenter trugen sie.

Waren es die schweren Verletzungen oder die Auswirkungen der furchtbaren Todesangst, dass das Mädchen plötzlich die Sinne schwinden fühlte. Die Schwäche, die sie überfiel, trieb ihr den Schweiß auf die Stirn, einen eiskalten Schweiß.

Trotzdem fühlte sie sich jetzt beschützt und sicher, obwohl ihr sehr elend war. In schweigendem Gleichschritt gingen die Männer über das weite, einsame Moor.

Sie kamen über das zweite und dritte Brückchen. Dann sahen sie das Kreuz aus dem Schilf ragen. Es zeichnete sich schwarz und deutlich am Himmel ab, der vom Mond beleuchtet war.

»Es war der Hund vom Holzhof«, sagte der Samenter plötzlich.

Viktor Eichler, der voranging, nickte. »Ich weiß schon. Wie kommt der hierher ins Moor?«

»Hm«, machte der Samenter.

»Er war schon einmal da – jawohl, damals. Sonst stünde nicht das Kreuz im Schilf.«

»Was sagst du?« Der Samenter vermochte dem Gedankengang des Jägers nicht zu folgen.

»Lass nur! – Ich werde schon noch klar sehen«, sagte Viktor. »Es ist alles noch so verworren.«

Schweigend gingen sie weiter …

Im Schilf raschelte der Wind. Die Wolken schoben sich vor den Mond, zogen vorüber und gaben ihn wieder frei. Es war bald dunkel, bald wieder hell. Ein großer Nachtvogel flog mit geräuschvollen Flügelschlägen über ihre Köpfe hinweg. In den abgründigen Tümpeln gluckste das Wasser.

»Warum hast du gewildert, Samenter?«, fragte der Jäger plötzlich, und er spürte an dem Ruck der Tragbahre, wie der überraschte Samenter heftig erschrak.

»Es läge mir nicht so viel daran«, fuhr Viktor Eichler fort. »Aber du weißt, mein Vater wurde erschossen, und der Lump läuft heute noch frei und ungestraft herum.«

»Ich bin es nicht …«, hob der Samenter zu einer Erklärung an, als ihn der Jäger unterbrach: »Ich weiß, sonst hätte ich dich schon längst beim Genick gepackt. Eine Zeit lang hatte ich dich im Verdacht, dass du am Tod von Martina schuld bist. Schau, wenn du heute feige gewesen wärst und hättest dich nicht zurückrufen lassen, dann hätte ich dich weiterhin verdächtigt, und wer kann sagen, was noch gekommen wäre. So bist du nur ein ganz gewöhnlicher Wilddieb. Ich habe dich bis heute laufen lassen, weil ich deine Frau und Kinder bedauere. Ich habe gehofft, dass du eines Tages selbst zur Einsicht kommen und damit aufhören würdest, sobald du deine Schulden beim roten Simon getilgt hättest. Aber du kannst sie nicht abzahlen, weil du immer wieder neue machst.«

Der Samenter schwieg.

»Noch weiß niemand etwas davon, mein Jagdherr nicht und kein Polizist. Ich wollte damit warten, bis ich den eigentlichen Lumpen gefasst habe. Freilich wird dabei auch der kleine Spitzbub gefangen werden, und der bist du, Samenter!«

Der Samenter schwieg. Sein Atem ging lauter. Er hinkte immer noch.

»Wäre ich dir heute nicht auf den Fersen gewesen, dann lägest du jetzt tot im Moor«, fuhr der Jäger fort. »Freilich das Mädchen auch. Der Hund hätte euch beide umgebracht. Drum bin ich froh, dass du gewildert hast, Samenter. Du hast mir einen Dienst erwiesen und mich der Spur ein wenig näher gebracht, die ich schon seit Jahren suche. Im Augenblick sind wir also quitt, Samenter. Ich würde mich freuen, wenn du das beherzigen würdest, schon wegen deiner unglücklichen Familie, die so tief im Elend sitzt.«

Auch darauf wusste der Samenter keine Antwort, aber es war ihm anzumerken, dass ihm die Worte des Jägers mehr und mehr zu Herzen gingen.

»Wer ist das Mädchen?«, fragte der Samenter später nach langem Schweigen.

»Die Buchhalterin vom Holzhof!«

»Die andere war auch Buchhalterin im Holzhof!«

»Eben … ist das nicht sonderbar, Samenter?«

»Wir können den Hund im Sumpf versenken – oder irgendwo verscharren.«

»Lass ihn ruhig liegen. Streunende Hunde werden überall vom Jäger erschossen.«

Marlies war ohnmächtig geworden, aber sie kam gerade wieder zur Besinnung, als sie das Jägerhaus erreichten.

Es stand an einem recht malerischen Fleck inmitten des Moores. Der Weg stieg hier ein wenig an, als stünde es auf einer kleinen Anhöhe. Ein paar Fichten ragten über das Dach hinaus, die es gegen den Wind abschirmten.

»Wie geht es?«, fragte der Jäger.

»Besser!«, antwortete sie und beobachtete das Gesicht des fremden Mannes, der dem Jäger tragen half. »Danke!«, flüsterte sie.

Viktor sperrte die Tür auf. Dann nahm er sie auf den Arm und trug sie in das Haus hinein.

»Ich werde die Mutter wecken, damit sie Ihnen ein Bett richtet und ein warmes Getränk bringt.«

Er legte sie sanft auf ein Sofa in der geräumigen Stube.

»Meine Mutter ist fast taub«, sagte er. »Sie müssen sehr laut schreien, wenn Sie ihr etwas sagen wollen.«

Dann ging er hinaus, weckte die Mutter und brachte der verblüfften Frau nicht ganz ohne Schwierigkeiten bei, was geschehen war und was zunächst getan werden musste.

Darauf wollte er die Haustür schließen und sah, dass der Samenter immer noch davorstand. Sein Gesicht war düster, fast finster.

»Es ist schon gut, Samenter, ich danke dir!«

»Ich möchte dir nur noch sagen, der rote Simon ist es nicht …«

»Wer ist er nicht? – Ach so! Ist schon gut, Samenter. Geh jetzt heim und denk darüber nach, was ich gesagt habe!«

»Gute Nacht!«

Der Samenter ging wie ein Betrunkener durch das weite, nächtliche Moor. Er blieb nicht lange auf dem Weg, sondern schlug bald eine andere Richtung ein. Er kannte sich im Moor aus und wollte die Stelle nicht passieren, wo die tote Dogge lag. Er wollte auch nicht mehr an den Kampf erinnert werden, der hier stattgefunden hatte, denn es war ihm durchaus bewusst, dass er wohl ein tödliches Ende genommen hätte, wäre nicht der Jäger dazugekommen.

Als der Samenter heimkam, wunderte er sich, dass um diese Zeit noch Licht aus einigen Fenstern drang. Und als er das Haus betrat, kam ihm die alte Theresa vom Holzhof entgegen und berichtete ihm, nicht ohne ihrer Stimme einen vorwurfsvollen Ton zu geben, dass seine Frau die Kellertreppe hinabgestürzt und mit schwerer Gehirnerschütterung liegen geblieben sei. Der Arzt wäre bereits da gewesen, und er sei recht besorgt …

Ob er, der Samenter, nicht auch glaube, dass der Herrgott ihm damit einen Rippenstoß gegeben habe, damit er sich einmal besänne, dass es mit dem Streunen und Saufen nicht so weitergehe …?

Der Samenter betrat leise die Stube. Seine Frau lag auf dem abgenützten, alten Kanapee, wohin Theresa sie mit Hilfe der größeren Kinder gelegt hatte.

Die Samenterin schlug die Augen auf und richtete sie auf ihren Mann. Sie waren nicht vorwurfsvoll, nicht tadelnd oder gar wütend, weil er wieder so spät heimkam. Sie waren froh und drückten ihre Bitte aus …

Um den Kopf hatte sie einen weißen Verband, den ihr wohl der Arzt angelegt hatte.

»Monika!«, sagte er.

Verlottert und immer noch ein wenig hinkend näherte er sich dem Lager. Das Gesicht der Kranken war bleich. In ihren Zügen lag Gram, aber sie blieb ruhig. Freilich, was hatte sie schon vergeblich gemahnt, geschimpft, gebeten …

Theresa rüstete sich zum Aufbruch. Sie musste endlich heimkehren in den Holzhof.

»Ich geh mit dir!«, bot der Samenter an.

»Ich fürchte mich nicht. Mir alten Frau tut niemand etwas. Bleib du nur bei den deinen, Samenter!«

Sie zeigte ihm noch die Medikamente, die der Doktor dagelassen hatte, und wies ihn an, wie er sie verabreichen musste, wenn die Kranke Schmerzen bekommen sollte …

Der Samenter begleitete die alte Frau vor die Tür. »Vergelt's Gott, Theresa!«, sagte er.

»Und dich soll er ein wenig bei den Hörnern nehmen, Samenter! Du gehst sonst zugrunde! – Gute Nacht!«

»Komm gut heim!«

Der Samenter kehrte in die Stube zurück.

Er stellte sich vor die Kranke hin. »Monika!«

Sie schaute ihn kummervoll an. »Es ist wegen der Kinder …«, sagte sie leise.

Da ging er plötzlich in die Knie und legte seinen Kopf auf ihre Hand. »Es wird anders …«, sagte er.

Die Verletzungen von Marlies waren doch schlimmer, als Viktor zunächst angenommen hatte. Die Mutter reinigte die Wunden, dann half sie dem Mädchen aus den Kleidern und brachte es ins Bett.

Was konnte sie auch mehr tun? Sie hatte nur eine Arnikatinktur im Haus, die sie selbst zubereitete. Irgendwo mussten noch Schmerz stillende Tabletten liegen. Aber in der Aufregung konnte sie sie nicht finden. Man musste warten, bis es Tag geworden war. Was konnte man mitten in der Nacht schon tun?

Marlies war ruhiger geworden. Sie fühlte sich in guter Obhut. Die Schritte, die sie von ihrer Kammer aus hörte, waren andere als die, die sie vor ein paar Stunden im Haus des Holzhändlers vernommen hatte.

Es waren nur die Schritte des Jägers und seiner Mutter. Das beruhigte sie so sehr, dass sie sogar ein wenig einschlief vor Erschöpfung.

Die alte Frau verließ daraufhin die Kammer. »Sie schläft jetzt«, sagte sie zu ihrem Sohn.

»Es ist gut, Mutter! Leg du dich auch wieder hin!«

»Und du?«

»Ich warte noch eine Weile …«

Später betrat er die Kammer, um nach der Verletzten zu schauen.

Sie war wieder wach und schaute ihm mit Angst in den Augen entgegen.

»Was ist, Marlies?«, fragte er.

»Der Hund!«, rief sie. »Er verfolgt mich! Er wird mich töten!«

»Nein, Marlies, der Hund kann dir jetzt nichts mehr antun!«

»Ich höre ihn keuchen! Er will mich zerreißen!«

Da wusste er, dass sie im Fieber phantasierte. Ihr Stirn glühte und ihre Wangen waren gerötet. »Marlies! Was hast du?«, fragte er erschüttert. »Beruhige dich! Du bist bei mir, beim Jäger vom Hochmoor! Du wolltest zu mir? Oder nicht? Schau mich an!«

Sie begegnete seinem Blick. Da entspannte sich ihr Gesicht. Die Angst wich.

»Kannst du dich erinnern, was passiert ist? – Ich habe den Hund erschossen. Er kann dir nicht mehr gefährlich werden!«

Ihm war gar nicht bewusst, dass er sie mit ›du‹ ansprach. Er sah in ihr jetzt nur das arme, bedrängte Geschöpf, das zu ihm ins Haus flüchten wollte.

»Ich will nicht mehr zurück in dieses Haus von Daniel Janisch!«

»Das brauchst du auch nicht! Nie mehr!« Er ergriff ihre heiße Hand.

»Er wollte in mein Zimmer einbrechen. Nur der taube Toni war noch im Haus«, fuhr sie fort. »Die Theresa wurde weggeholt zum Samenter. Dort ist die Frau über die Kellertreppe gestürzt ...«

Er schüttelte mitleidig den Kopf. Was sie sich doch in ihrem Fieberwahn alles ausdachte! »Und dann?«, fragte er.

»Dann kam Herr Janisch heim. Er wollte, dass ich meine Zimmertür aufsperre. Da floh ich aus dem Fenster, kletterte am Spalierbaum hinab und rannte davon ...«

»Wie gut, dass ich dich gefunden habe!«

Sie nickte und schaute ihn mit kindlich vertrauensvollem Blick an. »Danke!«

Dann schloss sie die Augen, und es hatte den Anschein, als wäre sie ruhiger geworden. Aber sie schrak wiederum wie aus einem bösen Traum auf.

»Es ist nichts, Marlies!«, sagte er. »Ruh dich aus! Hast du Schmerzen?«

Sie verneinte.

»Dann versuch zu schlafen! Es kann dir nichts geschehen!«

Folgsam schloss sie die Augen, und er schaute ergriffen auf sie nieder.

›Lieber Gott, diese Ähnlichkeit‹, dachte er. Sie erinnerte ihn plötzlich sehr an Martina. Warum nur? – Auch Martina war ein so junges, hilfloses Geschöpf, um das sich nicht einmal die eigene Mutter kümmerte. ›Ich werde sie hier behalten‹, dachte er. ›Die Mutter ist alt, sie braucht bestimmt einmal Pflege – und vielleicht, wenn Marlies will …‹ Er könnte sie lieben, wie er einmal die unglückliche Martina geliebt hatte. Sie könnte seine Frau werden, natürlich nur, wenn sie es wollte …

Ihr Gesicht glühte.

Abermals schaute sie ihn mit großen, erschreckten Augen an.

»Ich werde den Arzt holen, Marlies«, sagte er.

»Nein!«, wehrte sie sich. »Du darfst mich nicht allein lassen!«

»Aber es muss sein! Du darfst nicht sterben! Die Mutter ist doch auch noch im Haus. Meine Tür hat ein festes Schloss. Es lässt sich nicht aufbrechen.«

»Doch! Daniel Janisch bricht jede Tür auf! – Er wird mich verfolgen!«

Er schüttelte den Kopf. »Ich halte dich für ein mutiges Mädchen, Marlies!«

Sie schaute verwundert zu ihm auf. »Ich bin froh, dass ich bei dir bin! Wie oft habe ich es mir gewünscht, gerade in den letzten Tagen. Aber ich habe mich nicht getraut. Ich habe gedacht, was du wohl von mir halten würdest, wenn ich einfach so in dein Haus käme? – Nun bist so gut zu mir! Ich bin sehr glücklich darüber!«

Er fasste nach ihrer Hand und hielt sie fest umschlossen. »Schau, Marlies, mein Vater wurde von einem Wilderer erschossen, der bis heute unerkannt geblieben ist. Ich war damals noch sehr jung, aber ich habe die Büchse meines Vaters umgehängt und seinen Dienst getan. Ich wollte den Mörder fassen, aber es gelang mir nicht. Wie oft war damals die Mutter allein im Haus, ganze Nächte. Sie hat sich in dieser Zeit sehr gefürchtet, denn der Tod des Vaters war zu deutlich in ihrer Erinnerung. Wenn ich nachts aus dem Haus musste, dann steckte ich ihr eine Pistole hinter das Kopfkissen, damit hätte sie sich wehren können, wenn sie sich von jemandem bedroht gefühlt hätte. Und sie hätte sich gewehrt, sie war die Frau eines Jägers vom Hochmoor, die oft auf sich selbst angewiesen war. Es gehört Mut dazu, aber man kann ihn haben, wenn man muss. Verstehst du mich, Marlies?«

Sie schaute ihn halb erschrocken, halb verständnislos an.

Er griff in seine Tasche und hielt eine Pistole in der Hand. »Schau, heute lege ich sie dir hinter das Kissen. Du wirst sie nicht brauchen, aber du wirst ruhiger sein, wenn du weißt, dass du ein Dutzend Mal damit schießen kannst, wenn du in Not bist …«

Sie war verwirrt. »Ich soll …?«

»Nein, du sollst dich nur ausruhen. Es wird dir niemand etwas tun. Und sollte dieser Herr Janisch eindringen, was gar nicht möglich ist, dann brauchst du nur hinter das Kissen zu greifen. Wir leben nun einmal weit draußen und sehr einsam hier im Moor, wo sonst keine Menschen mehr sind. Man gewöhnt sich leichter daran, wenn man seinen Mut schult. – Und jetzt gehe ich den Arzt holen!«

Sie widersprach nicht mehr.

Viktor Eichler lief über das nächtliche Moor. Er wusste nicht, wie ihm geschehen war. Sicher, das fremde Mädchen hatte ihn von Anfang an mächtig bewegt, aber er hatte sich einreden wollen, dass er kein tieferes Interesse entwickelt hatte. Schließlich hatte er ja noch sehr um Martina getrauert und ihren Verlust noch nicht verarbeitet gehabt. Überhaupt hatte er nicht gewusst, ob er ihn jemals verwinden würde. Deshalb hatte er sich ja so dahintergeklemmt, die genauen Umstände ihres Todes herauszufinden, in der Hoffnung, das würde auch ihm selbst helfen. Allerdings musste er zugeben, dass er erst seit Marlies' Anwesenheit so aktiv in der Sache der Aufklärung der beiden Todesfälle – Martina und sein Vater – geworden war ...

Damals hatte man ihn dazu bringen wollen, an Martinas Anständigkeit zu zweifeln. Sie soll eine Diebin gewesen sein, aber er hatte es nicht geglaubt. Doch wer konnte es beweisen? Martina war tot, sie konnte nicht mehr mitteilen, was ihrem unglücklichen Tod vorausgegangen war und was sie bei Nacht und Nebel zum Hochmoor hinausgetrieben hatte.

Diesmal lagen die Dinge anders. Marlies lebte und konnte reden. Wie sie war auch Martina damals aus dem Holzhof geflohen, vielleicht aus dem gleichen Grund, mit der gleichen Furcht, in der gleichen Verzweiflung …

Dann wären es beide Male Verbrechen gewesen, einmal mit Todesfolge und das zweite Mal beinahe.

Der Jäger warf einen Blick hinüber auf das Kreuz im Schilf, das sich anklagend aus dem Gestrüpp erhob. Er eilte über die Brücke. Nichts rührte sich, er passierte die zweite Brücke …

Jawohl, dort lag er, der teuflische Köter. Er konnte da ruhig liegen bleiben, bis Daniel Janisch ihn finden würde.

So in Gedanken eilte Viktor Eichler dem Dorf zu. Er brauchte schnell einen Arzt …

Es war für den Doktor kein Vergnügen, mitten in der Nacht ins Hochmoor gerufen zu werden. Er konnte mit seinem Wagen nur bis zur Grenze des Filzes fahren. Dann wurde der Weg eng und schlecht. Es kamen die Sümpfe, über die nur hölzerne Stege führten. In Begleitung des Jägers wanderte er durch das dunkle Moor …

»Es ist heute Nacht schon das zweite Mal, dass ich zu einem Unfall gerufen werde«, sagte er. »Solche Tage gibt es, und ein Arzt muss damit rechnen, zu jeder Stunde aus dem Bett geholt zu werden. – Was sagen Sie, das Mädchen wurde von einem Hund überfallen? Von einem streunenden Hund?«

»Ob es ein streunender Hund war, kann ich nicht beurteilen.«

»Jedenfalls wird der Besitzer des Hundes, falls er nicht versichert ist, zum Schadenersatz herangezogen werden. Weiß man denn, wem der Hund gehörte?«

»Dem Holzhändler Daniel Janisch.«

Weiter sagte Viktor nichts mehr. Daniel Janisch zählte zu den Dorfhonoratioren. Auch der Arzt gehörte diesem gesellschaftlichen Kreis an, der sich jede Woche einmal im Nebenzimmer des Gasthauses zum Kartenspiel versammelte. Pfarrer, Lehrer, Bürgermeister und ein paar weitere bedeutende und wohlhabende Bürger gaben sich dort ein Stelldichein.

Der Jäger kannte jeden Einzelnen recht gut, denn sie gehörten alle mit Ausnahme des Pfarrers, für den es sich nicht schickte, zu den aktiven Gästen, wenn Herr Heinrich zur Jagd einlud.

»Die Frau des Samenter ist über die Kellerstiege gefallen und hat sich eine Gehirnerschütterung zugezogen«, sagte der Doktor nach längerem Schweigen.

Viktor horchte auf. »Wann? Heute?«

»Ja, am späten Abend. Es ist wohl noch nicht genug Elend in diesem Haus. Ich habe den Mann nur noch nicht erwischt, er ist ja nie daheim – aber ich werde es nicht versäumen, ihm die Leviten zu lesen, und zwar unmissverständlich!«

Der Jäger sinnierte vor sich hin. Es kam ihm wunderlich genug vor. »Vielleicht zieht er eine Lehre daraus!«

»Hoffentlich! Der Kerl säuft sich sonst noch zu Tode.«

Es war wirklich notwendig gewesen, dass Marlies in ärztliche Betreuung kam. Ihre Verletzungen waren so schlimm, dass sofort verschiedene Mittel angewendet werden mussten, um gefährliche Komplikationen zu verhindern ... Anschließend begleitete der Jäger den Arzt noch über das Moor bis zu seinem Wagen.

Als er zurückgekehrt war, kümmerte er sich gleich wieder besorgt um die Patientin. Sie war jetzt selbst froh, dass der Arzt gekommen war. Sie schaute Viktor dankbar und ein wenig lächelnd entgegen, als er leise bei ihr eintrat.

Er holte die Pistole hinter ihrem Kissen hervor und nahm sie an sich. »Siehst du, jetzt liegt es an mir, über dich zu wachen«, lächelte er. »Der Doktor sagt, es sei dringend nötig gewesen, dass ich ihn geholt habe.«

Sie nickte nachdenklich.

»Nein, Marlies, du sollst mir jetzt nicht erzählen, was geschehen ist!«, sagte er, als er merkte, dass sie unruhig wurde. »Du sollst erst einmal nicht mehr daran denken! Ich weiß ohnehin, was du mir erzählen willst. Die Hauptsache ist, dass du nun wieder schnell gesund wirst, wir werden dich schon wieder auf die Füße bringen.«

Er machte nebenbei ein Feuer in dem kleinen Ofen, denn es war in der Kammer kalt geworden. Dann stellte er einen Rotwein auf, um ihn zu erwärmen. »Du musst jetzt einen Glühwein trinken!«, sagte er und ging hinaus, um die erforderlichen Gewürze zusammenzusuchen. Dann brachte er einen Stuhl und setzte sich zu ihr ans Bett. »Morgen wird die Mutter für dich sorgen«, sagte er. »Sie ist halt eine alte Frau und hört nichts mehr. Ich glaube, dass sie gar nicht mitbekommen hat, was eigentlich passiert ist.«

Er brachte den heißen Wein und trank selbst auch ein Glas mit. Das heiße Getränk schmeckte ihnen beiden gut.

»Es ist schön bei dir!«, flüsterte sie.

»Schön?«, erwiderte er und lachte verlegen.

»Ich danke dir für alles!«

Er griff nach ihrer Hand und behielt sie lange in der seinen. Anders konnte er ihr gegenüber seine Zuneigung noch nicht ausdrücken. Dazu fehlten ihm die Worte. Aber sie verstand ihn auch so.

Langsam verrann die Zeit. Stunde um Stunde ging dahin. Dann war sie auf einmal fest und tief eingeschlafen.

Er drehte das Licht schwächer und ließ sich in der Ecke auf einem Stuhl nieder, um da zu sein, falls sie ihn brauchte.

Einmal schaute sogar die Mutter herein, aber er winkte ab und deutete ihr an, dass sie ruhig in ihrem Bett bleiben konnte und dass er bei der Verletzten wachen wollte.

Marlies schlief noch immer, als der neue Tag anbrach. Sie merkte es nicht, dass er das Licht löschte und hörte es nicht, dass die alte Frau nebenan nicht gerade leise in der Küche zu werkeln begann. Sie vernahm auch nicht das heftige Klopfen, das plötzlich an der Haustür war. Sie war noch immer in einem tiefen Schlaf.

Auch die schwerhörige Mutter des Jägers hörte das Klopfen nicht.

Deshalb ging Viktor selbst, um zu öffnen. Er konnte sich denken, wer zu so früher Stunde schon zu ihm wollte. Er hatte nur darauf gewartet.

Daniel Janisch stand draußen …

»Was ist mit meinem Hund geschehen?«, fragte er erregt und ohne zu grüßen.

Der Jäger beobachtete das Gesicht des Holzhändlers. »Komisch, dass Sie zu so ungewöhnlich früher Stunde zu mir ins Moor kommen und mich nach Ihrem Hund fragen, Herr Janisch!«

»Ich habe ihn auf dem Weg gefunden. Er ist erschossen worden.«

»Ja, er wurde erschossen. Ich habe ihn erschossen! Streunende Hunde werden getötet, Herr Janisch!«

»Mein Hund streunt nicht!«

»Um so schlimmer, Herr Janisch! – Darf ich Ihnen eine Gegenfrage stellen? Geht Ihnen außer Ihrem Hund nicht auch Ihre Buchhalterin ab?«

Der Holzhändler warf dem Jäger einen hasserfüllten Blick zu. »Sicher – sie ist davongelaufen. Ob sie mir abgeht, das ist eine andere Frage. Sie wird schon einen triftigen Grund gehabt haben, warum sie geflohen ist. Das wird sich ja dieser Tage herausstellen. Ich werde die Zahlen in meinen Geschäftsunterlagen jedenfalls sorgfältig überprüfen lassen.«

»Aha! Wollen Sie etwa damit andeuten, dass auch sie Geld gestohlen hat wie damals die Martina angeblich?«

»Na, einfach so läuft man ja wohl nicht mitten in der Nacht davon!«

»Sicher nicht. Aber der Grund könnte auch ein ganz anderer gewesen sein, Herr Janisch!«

Der Holzhändler sah den Jäger aus zusammengekniffenen Augen an. »Was soll das heißen?«

»Darüber kann man ganz unterschiedlicher Meinung sein. Ich bin jedenfalls der festen Überzeugung, dass heute Nacht ein zweiter Mord geschehen wäre, wäre ich nicht durch einen glücklichen Zufall zur rechten Zeit dazukommen!« Er blickte Janisch dabei scharf an.

»Ein Mord? Hier im Moor?«, fragte dieser, doch seine Bestürzung wirkte nicht echt. »Warum sagen Sie ›ein zweiter Mord‹? Ist denn hier schon einmal ein Mord passiert?«

»Ich fürchte, ja. Jedenfalls hätte man beinahe ein zweites Kreuz irgendwo im Schilf aufstellen können, vielleicht sogar mit dem gleichen Text auf der Tafel, nur mit einem anderen Namen.«

Der Holzhändler schien eine ganze Weile zu brauchen, um den Sinn dieser Worte zu erfassen. Aber dann kam ihm wohl plötzlich die Erkenntnis, denn er richtete sich empört auf: »Heißt das, dass Sie mich des Mordes beschuldigen wollen, Jäger vom Hochmoor?«

»Ich habe Sie nicht des Mordes beschuldigt, Herr Janisch, zu diesem Schluss sind Sie jetzt selbst gekommen. Ich stelle nur Tatsachen fest, die ich beobachtet habe. Nichtsdestotrotz finde ich das alles sehr merkwürdig. Da wäre zum Beispiel die interessante Frage, wie auf einmal Ihr Hund, der allgemein als bissig und scharf bekannt ist, mitten in der Nacht hierher in mein Revier kommt? Erstens muss er aus dem Zwinger gelassen worden sein, und außerdem verlässt er den Hof nicht, ohne dass es ihm befohlen wird. Ich weiß auch, dass er nur auf Sie und Ihren Mitarbeiter Toni hört. Auf welche Schlussfolgerung würden Sie angesichts dieser Aspekte denn kommen? – Ich sag es Ihnen: Ihr Hund ist entweder von Ihnen oder von Toni ausgeschickt worden, das Mädchen zu verfolgen und zu stellen!«

Daniel Janisch wurde angesichts dieser massiven Anschuldigungen sehr wütend, vielleicht bekam er auch ein wenig Angst, denn er schrie nun außer sich und mit hochrotem Kopf: »Mein Hund war darauf abgerichtet, jeden Menschen zu verfolgen und zu stellen, der sich irgendwie verdächtig macht! Jedenfalls werde ich auf Schadenersatz klagen, Jäger vom Hochmoor!«

»Wer hier auf Schadenersatz zu klagen hat, soll das Gericht entscheiden, Herr Janisch! Schon allein die Tatsache, dass es Ihr Hund war, der das Mädchen so übel zugerichtet hat, sollte genügen, dass Sie zur Kasse gebeten werden. – Außerdem: Wenn ich den Köter nicht abgeknallt hätte, wäre Marlies Bernatzky nicht mehr am Leben!«

»Das ist nicht wahr!«

»Doch, das ist wahr, und dafür gibt es auch einen Zeugen!«

»Der kann nur bestochen worden sein!«

»Von wem? Vielleicht von mir? Oder von Frau Bernatzky? Das ist doch Unsinn, Sie schlagen jetzt nur noch um sich, weil Sie sich nicht mehr zu helfen wissen!«

»Wo ist das Mädchen? In Ihrem Haus?«

»Ja.«

»Dann will ich mit ihr sprechen!« Der Holzhändler drängte sich an dem Jäger vorbei, um zur offenen Tür vorzudringen.

Jetzt wurde es dem Jäger zu viel. Er griff den Mann am Kragen und riss ihn zurück. »Halt! Sie werden nicht zu ihr gehen!«, schrie er und stellte sich breitbeinig zwischen Janisch und die Tür. »Das Mädchen ist so schwer verletzt, dass ich in der Nacht noch den Arzt rufen musste. Der Hund, den Sie ihr hinterhergehetzt haben, hat ihr buchstäblich das Fleisch von den Knochen gerissen!«

»Hinterhergehetzt? Überlegen Sie sich gut, was Sie da behaupten, Freund! Auf Verleumdung stehen hohe Strafen. Ich wäre an Ihrer Stelle vorsichtig mit solchen Äußerungen. Ich habe den Hund aus dem Zwinger gelassen wie jede Nacht! Es ist nicht meine Schuld, dass die Flüchtige das Hoftor offen stehen ließ, so dass der Hund ihr folgen konnte!«

»Das mögen alle glauben – aber ich – ich glaube es nicht! Das ist ja ganz leicht feststellbar, ich brauche ja bloß Frau Bernatzky fragen, ob der Zwinger schon offen war, als sie den Hof verließ, oder nicht. Allerdings können wir auch durch reines Nachdenken auf die Antwort kommen: Denn es ist sehr unwahrscheinlich, dass sie das Haus überhaupt verlassen hätte, wenn der Hund auf dem Hof frei herumgelaufen wäre. Also: Ich bin der Überzeugung, dass Ihnen ein Menschenleben nichts wert ist. Sie lassen es durch einen Hund vernichten, wenn dieser Mensch Ihrem Ansehen und Ihrer vermeintlichen Ehre schaden kann!«

Da fuhr der Holzhändler dem Jäger mit der geballten Faust ins Gesicht. »Du sollst nicht umsonst so zu mir gesprochen haben, du Lümmel!«, schrie er.

Doch da traf ihn schon ein Schlag des hünenhaften Jägers, so dass er zurücktaumelte. »Ich rate dir, Janisch: Verlasse augenblicklich dieses Grundstück! Hier habe ich Hausrecht! Und ich werde es geltend machen!« Viktor Eichler folgte dem Mann wutentbrannt und verjagte ihn mit drohenden Gebärden.

Auf dem Weg wandte Daniel Janisch sich noch einmal um. In seinen Augen war ein rachedurstiger Ausdruck. »Wir sehen uns wieder, Jäger vom Hochmoor! Dann sieh dich vor!« Dann ging er davon.

Viktor Eichler schaute ihm mit flammenden Augen nach. Er wusste, jetzt hatte er einen Todfeind.

Er spürte eine Hand auf seiner Schulter. Es war die Mutter, die zur Tür herausgekommen war.

»Was ist?«, fragte sie. Hatte sie etwas von der Auseinandersetzung gehört?

Viktor schüttelte den Kopf. »Nichts.«

»Ist das nicht der Janisch?«

Viktor nickte.

»Was will er?«

»Er sucht seinen Hund.«

Sie las ihm die Worte von den Lippen ab. »Er wird dich verklagen.«

»Nein, das wird er nicht tun.«

»Er ist ein schlimmer Mann!«

»Ja, das ist er, Mutter …«

»Wie geht es dem Mädchen?«

»Besser.«

»Gott sei Dank! – Sie könnte jetzt tot sein.«

Er nickte und ging an ihr vorbei ins Haus.

Als er die Krankenstube betrat, hatte er sich bereits so weit in der Gewalt, dass man seinem Gesicht nichts mehr von der Aufregung der Auseinandersetzung anmerkte. Er lächelte sogar.

Aber sie schaute ihm mit ängstlichen Augen entgegen und verriet damit, dass sie den Wortwechsel gehört hatte.

»Er war da?«, fragte sie.

»Wer?«

»Daniel Janisch?«

Er schüttelte den Kopf.

»Ich habe aber Stimmen gehört!«

»Du täuschst dich, Marlies! Das macht nur die Angst, die du immer noch hast. Was du hörst, ist der Wind, der durch die Büsche rauscht. Horch doch! Wenn man Phantasie hat, kann man allerlei heraushören, Klagen, Schreie, Lachen und Heulen. Das ist das Moor. Du musst dich erst einmal daran gewöhnen.«

Sie sagte nichts mehr, aber es war ihr anzumerken, dass sie ihm nicht glaubte. Doch sie wusste, dass er sie von allen Aufregungen verschonen wollte.

Er legte seinen Handrücken unter ihr Kinn, um zu prüfen, ob sie noch Fieber hatte. Die Temperatur war deutlich zurückgegangen. »Fühlst du dich besser?«

»Ja.«

»Magst du etwas essen oder trinken? Die Mutter kocht bereits Kaffee.«

»Später.«

»Dann versuch zu schlafen! Es kann dir jetzt nichts mehr geschehen!«

Sie tastete nach seiner Hand und führte sie an ihren Mund. »Danke!«, flüsterte sie.

Er war ergriffen. »Marlies!« Liebkosend ließ er seine große, raue Hand über ihren Scheitel gleiten.

Sie schloss die Augen.

7

Nur langsam genas Marlies von ihren schweren Verletzungen. Der Arzt war noch ein paar Mal gekommen, um nach ihr zu sehen und neue Verbände anzulegen. Aber er war mit dem Verlauf sehr zufrieden.

Schließlich überließ er die Pflege vollends Viktor und seiner Mutter. »Sollten noch irgendwelche Komplikationen auftreten, bitte ich, mich sofort zu rufen«, sagte er zu Viktor. »Im Augenblick besteht keine Gefahr mehr.«

Marlies war froh, dass der Arzt nicht mehr kam. Sie fürchtete den Skandal, den der Vorfall im Dorf auslösen konnte. Sie hatte Angst vor den Lügen und den Verleumdungen, mit denen solche Geschichten gewöhnlich behandelt wurden. Sie war doch nur ein fremdes Mädchen, das Daniel Janisch von der Straße aufgelesen hatte. Und der Holzhändler war wohl um keine Ausrede verlegen, mit der er den Zwischenfall zu seinen Gunsten auslegte. Und alle Leute hier würden ihm glauben.

Außerdem wollte sie verhindern, dass sie in Viktors Augen in ein schlechteres Licht geriet. Auf keinen Fall wollte sie sein Vertrauen verlieren. Denn sie liebte ihn. Sie liebte ihn und seine ganze, schwerfällige und düstere Eigenart …

Auch seine Mutter zeigte sich um sie besorgt und sehr gastfreundlich, aber sie war nicht ohne Furcht. Vielleicht hatte sie sogar Angst, dass sie, Marlies, ihren Sohn in böses Gerede bringen könnte, denn Daniel Janisch würde nun sicher zweifelhafte Gerüchte verbreiten, um Viktor zu schaden. Er war mit dem Jagdherrn befreundet, und wohin würde es führen, wenn Viktor das Vertrauen seines Arbeitgebers verlor. Er ging schließlich um seine Existenz als Jäger vom Hochmoor …

Es wurde immer herbstlicher. Von den Bäumen und Sträuchern fielen die Blätter. Die Stürme heulten über das weite, flache Moor. Viktor bereitete die Herbstjagd vor. Eines Tages suchte er das Haus des Samenter auf. Er fand den Mann heute sogar daheim und erstaunlicherweise bei der Arbeit. Der Samenter werkelte draußen im Stadel und schnitt Häcksel für seine drei mageren Kühe.

Seine Frau hatte sich von ihrem Sturz über die Kellertreppe so weit erholt, dass sie wenigstens wieder die Hausarbeit machen und sich um die Kinder kümmern konnte. Sie sah noch kränklich aus, trotzdem schien sie viel zuversichtlicher zu sein.

»Was ist mit dem Mädchen?«, fragte Samenter, als der Jäger zu ihm in die Tenne kam.

»Es geht ihr besser.«

»Wir hätten beide tot sein können, wenn du nicht dazugekommen wärst.«

»Ich war dir den ganzen Abend schon auf den Fersen, Samenter. Das war auch gut so!«

Der Mann nickte und klopfte den Staub von der Schürze. »Es war ein Zufall«, sagte er.

»Welcher Zufall?«

»Dass ich gerade über die Brücke wollte. Ich hatte den Schrei gehört und mich umgeschaut, aber da fiel er mich auch schon an, der Köter …«

»Das war auch gut so, Samenter. Der Hund ließ von Marlies ab, um über dich herzufallen. Das war meine einzige Chance, ihn abzuknallen.«

»Du hast gut getroffen!«, sagte der Samenter anerkennend.

»Von einem Jäger sollte man das erwarten können, oder nicht?«

»Ich weiß schon, was du sagen willst«, sagte der Samenter und kratzte sich am Hinterkopf, wobei er seinen Hut tief ins Gesicht schob. »Wenn du heut zu mir gekommen bis, um mir die Flinte wegzunehmen, dann muss ich dich enttäuschen. Ich hab nämlich gar kein Gewehr.«

»Ich weiß, du fängst das Wild mit Schlageisen, Samenter!«

»Zugegeben, das habe ich einmal getan – aber jetzt nicht mehr!«

»Wie lange schon nicht mehr?«

»Seit jener Nacht, die mir und meiner Frau beinahe den Tod gebracht hätte.«

»Ich hab es gemerkt, Samenter, und ich bin froh, dass wir uns verstanden haben. Schau, ich war damals noch ein blutjunger Kerl, als ich nach dem Krieg aus der Gefangenschaft heimkam.«

»Ich war auch in Gefangenschaft!«

»Ich weiß – du warst aber schon längst daheim, als ich kam. Doch ich war noch nicht lange hier, als mein Vater erschossen wurde. Man hat den Kerl nie erwischt. Manche haben gemeint, dass es vielleicht staatenlose Männer waren, die etwas auf dem Kerbholz hatten und von meinem Vater gestellt wurden. Ich glaube das aber nicht.«

»Ich habe damit nichts zu tun, wenn du das meinst!«

»Das habe ich auch nie bezweifelt, sonst wäre es dir wohl schlecht ergangen, Samenter. Ich erinnere mich noch, dass damals, als ich vom Krieg heimkehrte, der Holzhof seinen Besitzer gewechselt hatte. Der alte Demler war gestorben, die Söhne gefallen und die Witwe hatte sich einen Geschäftsführer genommen, der es verstand, die heruntergekommene Wirtschaft in kurzer Zeit wieder aufzubauen und zu einem großen Unternehmen zu machen. Als die Witwe Demler bald darauf starb, kamen die Verwandten, um sich das Erbe zu holen. Aber es gab lange Gesichter, als statt des erhofften Geldes nur ungeheure Schulden zu erben waren. Der Geschäftsführer wirtschaftete weiter, er holte das alte Haus aus den roten Zahlen, und als es in einer Gewitternacht vom Blitz getroffen wurde und niederbrannte, baute er ein neues. Und dieses neue Haus gehörte ihm und damit auch der ganze Holzhof. Weiß Gott, wie und wann die Erben abgefunden wurden. Es ließ sich jedenfalls keiner mehr blicken. – Der Geschäftsführer hieß Daniel Janisch …«

Der Samenter kannte die Geschichte und nickte nur bestätigend.

»Ich weiß nicht, was damals meinem Vater im Kopf herumging, aber es schien mir, als hätte er unserem Nachbarn vom Holzhof in irgendeiner Art und Weise auf die Finger geschaut. Ich war ja nicht hier, und später konnte ich es nie richtig in Erfahrung bringen. Der Janisch war immer gegen mich, und er hat mich gehasst, wie damals meinen Vater. Trotzdem war bei der Beerdigung und drückte sowohl meiner Mutter als auch mir sein Beileid aus, der Heuchler. Damals war er noch häufiger in der Stadt, um mit seiner Frau zusammen zu sein. Später gestaltete er hier mehr und mehr sein eigenes Leben. Nicht jeder weiß, wie es aussah. Aber ich weiß es. Man wusste nur, dass er sich von seiner Frau trennte und gab ihr die Schuld. Freilich, so ein Mann wie Daniel Janisch, der nicht nur mit Rat und Tat am Wohl der Gemeinde Niedereich mitwirkt, sondern auch in frommer Weise für die Bedürfnisse der Kirche durch gewaltige Spenden seinen Beitrag leistete, der kann an einem Ehezerwürfnis ja gar nicht schuldig sein!«

»Warum erzählst du mir das alles?«, fragte der Samenter.

»Es fiel mir gerade ein. Aber hab keine Angst, Samenter. Ich werde dir keine Frage stellen, die dich mit deinem Gewissen in Konflikt bringt. Ich weiß, du hast Angst vor dem Janisch. Du schuldest ihm Geld, mehr, als du in deinem ganzen Leben verdienen kannst. Er könnte dich von Haus und Hof treiben, und du denkst an die Kinder. Drum ziehe ich dich auch nicht mit in die Sache hinein, du sollst nur nicht mehr alles tun, was Daniel Janisch von dir fordert. Du gewinnst nichts dabei und richtest höchstens dich und deine Familie zugrunde! Du hast von mir nichts zu befürchten, und die Bedingungen, die ich dir stelle, kannst du leicht erfüllen: Du sollst gegenüber jedem anderen Menschen schweigen, und da gehört auch deine Frau dazu! Verstehst du? Zum anderen hast du dich nicht mehr beim roten Simon aufzuhalten! Mit ihm rechne ich zu gegebener Zeit ab, doch davon brauchst du auch nichts wissen!«

Ob der Samenter den Jäger verstand? Er schaute ihn zunächst etwas zweifelnd und fragend an, reichte ihm dann aber die Hand und sagte feierlich: »Ich verspreche es dir!«

Mehr wollte Viktor Eichler heute nicht erreichen, und er wusste, der Samenter würde sein Wort halten. Er war kein schlechter Mensch, aber es drückte ihn halt überall der Schuh.

Wenige Tage später begann die große Herbstjagd. Vom ersten Licht des Tages an bis in die späte Nacht hinein war Viktor jetzt unterwegs. Über das Moor peitschten pausenlos die Schüsse. Es war eine große Anzahl von Jägern, die in angemessenen Abständen ausschwärmten und einen Bogen schlugen, bis sich der Kreis schloss, in dem sich dann das Wild befand. Die Treiber schlugen auf die Büsche und jagten die Beute aus den Verstecken. Dann krachten die Schüsse.

So wurde Ring um Ring gezogen und geschlossen.

Man hatte tagelang Arbeit, bis auf diese Weise das ganze weite Moor durchkämmt war.

Neben auswärtigen Gästen, zumeist Freunde und Geschäftspartner des Jagdherrn, nahmen auch angesehene Bürger von Niedereich an der Jagd teil. Täglich waren sie pünktlich zur Stelle, und zufrieden kehrten sie zum Einbruch der Nacht wieder heim.

Auch Daniel Janisch war dabei. Er zählte zu den Freunden des Jagdherrn, außerdem hatten sie auch geschäftlich viel miteinander zu tun; Herr Janisch lieferte jährlich ungeheure Mengen von Papierholz an die Fabriken des Herrn Heinrich.

Während der Jagd sah man sie fast immer zusammen. Oft ließ Herr Heinrich ein schallendes Lachen hören. Der Holzhändler wusste manch guten Witz zu erzählen. Überhaupt befanden sich alle in bester Laune.

Abends kehrte man immer im Gasthaus ein und es wurde fröhlich gezecht, bis dann Herr Heinrich es doch endlich an der Zeit fand, in die Stadt zurückzufahren.

Der Jäger, der bei der Jagd das Kommando hatte, war mit Daniel Janisch nie direkt zusammengekommen. Sie schenkten sich nicht mehr Aufmerksamkeit, als es gerade notwendig war, und so bemerkte niemand anderer die Todfeindschaft, die zwischen ihnen ausgebrochen war.

Viktor Eichler ahnte, dass sein Gegner irgendetwas gegen ihn im Schilde führte. Er war auf alles gefasst und ließ ihn nicht aus den Augen, um sofort den Schlag zu parieren, den er gegen ihn führen könnte.

Aber es geschah nichts …

Bis an einem Abend, als die Jagdgesellschaft wieder zum Wirtshaus zog, Herr Heinrich zurückblieb und seinen Jäger diskret beiseite nahm.

»Mein lieber Viktor, es tut mir Leid, aber ich muss mit dir sprechen«, begann der Jagdherr, wenn es um persönliche Dinge ging, sagte er ›du‹ zu ihm. Er kannte ihn ja schon von Klein auf. »Ich bin keineswegs intolerant in diesen Sachen – aber man sagt, du beherbergst eine Prostituierte in deinem Haus, stimmt das?«

Da wusste Viktor, dass Daniel Janisch zu seinem Schlag gegen ihn ausgeholt hatte. Aber alles andere hatte er erwartet, nur nicht diese Gemeinheit, dass er, der das Mädchen mit allen Mitteln und mit seiner ganzen List bedrängt und verfolgt hatte, nun öffentlich als ›Prostituierte‹ denunzierte.

»Du weißt, wie man im Dorf in solchen Fällen denkt und urteilt. Du bekommst einen schlechten

Ruf, und ich muss sagen, auch mir persönlich kann es nicht gleichgültig sein, in welchem Licht mein Jäger steht.«

»Herr Heinrich, Frau Bernatzky ist keine Prostituierte, sondern war als Buchhalterin bei Herrn Janisch angestellt, und ich habe sie gerettet, als sie von der Riesendogge des Herrn Janisch angefallen und schwer verletzt wurde.

»Ich weiß.«

»Die Verletzungen waren so schlimm, dass sofort ärztliche Hilfe und Pflege nötig waren. Was müsste ich für ein Mensch sein, wenn ich sie nicht in mein Haus aufgenommen hätte?«

»Zunächst – ja. Aber dann hätte sie in ein Krankenhaus gemusst! Jeder Arzt überweist so einen Kranken normalerweise!«

»Ah!«, entkam es dem Jäger. Dahin also ging der Wunsch des Holzhändlers! Das Mädchen sollte in einem öffentlichen Krankenhaus liegen, damit er besser über sie verfügen konnte!

»Was ist?«, fragte der Jagdherr.

»Ich habe mir eben gedacht, wie arm ein Mensch ist, den man in ein Krankenhaus steckt, in das jeder Zutritt hat!«

»In diesem Fall gibt es nichts anderes! Sind wir froh, dass es Krankenhäuser gibt!«

»Vielleicht haben Sie Recht ... ich verwahre mich lediglich gegen die Unterstellung, dass das Mädchen eine Prostituierte sei!«, sagte Viktor trotzig. »Es fällt mir nicht schwer zu erraten, von wem diese Verleumdung stammt. Vielleicht darf ich Sie daran erinnern, dass drüben im Schilf bereits ein Kreuz steht. Damals hatte sich die damalige Buchhalterin unseres Nachbarn angeblich schwerer Veruntreuungen schuldig gemacht. Das hat wenigstens Herr Janisch behauptet, und alle Welt hat ihm geglaubt, ohne daran zu zweifeln, oder auch nur in Erwägung zu ziehen, ob man nicht doch daran zweifeln sollte. Beinahe hätte man jetzt ein zweites Kreuz aufstellen müssen, diesmal hätte wohl ein so genanntes gefallenes Mädchen den Tod im Moor gesucht ...«

»Herr Janisch hat die Frau von der Straße aufgelesen. Er hat eben Pech gehabt.«

»Beide Frauen waren Buchhalterinnen im Holzhof. Gibt Ihnen das nicht zu denken?«, fragte Viktor seinen Jagdherrn.

Herr Heinrich warf dem Jäger einen Blick zu. »Hör mich an, Viktor. Es steht uns nicht zu, an solchen Zufällen zu zweifeln, man könnte damit die Ehre eines Mannes angreifen, der nicht nur von den Menschen hier, sondern von der Geschäftswelt hoch geachtet ist! Sei also vorsichtig. Es würde mir Leid tun um dich, nicht nur, weil dein Vater sein Leben in meinem Dienst verlor, sondern weil du ein äußerst tüchtiger Kerl bist! Weiß der Teufel, was dir an dieser fremden Frau gefällt! Du bist doch sonst kein Liebhaber von solchen Frauen gewesen. Schaff dieses Mädchen also aus dem Haus!«

»Nein, das werde ich nicht tun!«

»Was dann?«

»Meine Mutter ist alt und taub. Sie wird die Hausarbeit nicht mehr lange machen können.«

»Ach – du willst diese – das Mädchen will ich sagen – heiraten?«

»Nein, aber ich möchte sie mit dem Einverständnis meiner Mutter als Haushaltshilfe behalten.«

»Komm!«, sagte der Jagdherr plötzlich.

Sie gingen auf das Haus zu.

Der Jäger wusste nicht, was das zu bedeuten hatte. Er war aber entschlossen, sich schützend vor Marlies zu stellen, wenn ihr ein Leid widerfahren sollte, auch, wenn er dabei das Wohlwollen seines Arbeitgebers verlor.

Marlies konnte sich seit einigen Tagen wieder gut bewegen und somit auch beschäftigen. Deshalb half sie Viktors Mutter in dem kleinen Haushalt und wollte sich auf diese Weise für Kost und Unterkunft bedanken.

In ihrem schönen Gesicht hatte sie ein paar Narben zurückbehalten. Sie rührten von den schweren Bisswunden her, die ihr das Tier zugefügt hatte. Eine davon lief quer über die Stirn, die andere über die rechte Wange herab.

Viktor jedoch stieß sich nicht daran. Er liebte sie so, wie sie war, und so stark, wie er Martina einmal geliebt hatte …

Die alte Mutter machte ein paar mühsame Verbeugungen, als Viktor den Jagdherrn mitbrachte. Es schmeichelte ihr mächtig, dass er das Haus betrat. Sie hielt es für eine besondere Auszeichnung für ihren Sohn.

Herr Heinrich wusste um die Gehörlosigkeit der Witwe und rief ihr ein paar freundliche Worte ins Ohr.

Viktor rückte für den Gast einen Stuhl zurecht und brachte die Schnapsflasche, um ein Glas zu füllen.

Es war zum Abend draußen recht kühl geworden, und man freute sich über die behagliche Wärme, die der Ofen ausstrahlte.

Herr Heinrich setzte sich. Er leerte das Glas auf einen Zug.

Es war schwer, sich mit der alten Frau zu unterhalten, und Viktor musste ihr die Worte des Jagdherrn gewissermaßen übersetzen, indem er sie mit deutlichen Lippenbewegungen wiederholte, so dass er nicht so laut sprechen musste und sie die Worte von seinem Mund ablesen konnte.

Dann ging plötzlich die Tür auf und Marlies kam herein. Sie wusste offenbar nicht, dass der Jäger einen Gast mitgebracht hatte und blieb erschrocken stehen.

Herr Heinrich betrachtete das Mädchen sehr eingehend und kritisch.

»Das ist sie«, sagte Viktor.

Marlies grüßte. Sie ahnte, dass der Mann in seinem derben Jägeranzug, mit seinem frischen, gesunden Gesicht und den grauen, fast noch vollen Haaren kein Geringerer als der Jagdherr selbst war, der Fabrikbesitzer Heinrich, der so reich sein sollte, dass er für seine vielen Arbeiter und Angestellte eine eigene Betriebssiedlung errichtet hatte.

Sie war verblüfft über seine Einfachheit. Man hätte ihn für einen ganz gewöhnlichen Sterblichen halten können, hätte sein Blick und der Ausdruck seiner Gesichtszüge nicht so großen Respekt eingeflößt.

Herr Heinrich studierte eine Weile das Gesicht des Mädchens und betrachtete völlig ungeniert die frischen Narben, die keinen Zweifel daran ließen, wie gefährlich und schwer die Verletzungen gewesen waren.

»Man hat mir erzählt, dass du beinahe vom Hund des Herrn Janisch getötet worden wärst«, begann der Fabrikherr dann und fand es offenbar ganz selbstverständlich, dass er das Du gebrauchte.

Sie waren ja schließlich im Moor, im abgelegenen Jägerhaus, fern von Etiketten und gesellschaftlichen Formalitäten. »Ich kann mir nicht erklären, warum du mitten in der Nacht aus dem Haus deines Arbeitgebers geflohen bist und ausgerechnet den Weg über das heimtückische Moor genommen hast!«

»Ich habe mich dort im Haus gefürchtet«, erwiderte Marlies und hielt dem Blick des Mannes stand.

»Doch nicht etwa vor Herrn Janisch selbst?«

»Doch, vor ihm.«

Der Jagdherr brach in schallendes Gelächter aus. »Das war dumm! Das Dümmste aber, was du anstellen konntest, war deine Flucht übers Moor! Da hat dich der Hund in seinem Instinkt für eine Missetäterin gehalten. Wo wolltest du denn hin?«

»Zum Jägerhaus. Ich wollte Schutz suchen ...«

»Schutz? Doch nicht vor Herrn Janisch?«

»Ja, vor Herrn Janisch.«

Abermals musste er lachen. »Hast du denn allen Ernstes gedacht, er würde dir etwas antun?«

Sie antwortete nicht.

»Sie hatte vollkommen Recht, Herr Heinrich!«, sagte Viktor.

»Pst!«, machte der Jagdherr. Er wollte während des Verhörs nicht gestört werden. »Ich kenne Herrn Janisch ein wenig länger. Es mag eine Eigenart von ihm sein, dass er mitten in der Nacht geschäftliche Dinge erledigt, wenn ihm gerade eine gute Idee kommt. Dadurch hat er auch Schwung in sein Unternehmen gebracht. Ich wundere mich nur, dass so eine wie du so scheu bist! Wo willst du nun hingehen? Zu deinen Eltern?«

»Ich habe keine Eltern mehr.«

»Verwandte wirst du doch wohl noch haben?«

»Nein. Nur noch eine Schwester, deren Aufenthalt ich noch nicht kenne. Ich habe nichts mehr von ihr gehört, seitdem sie ihren Arbeitsplatz vor ein paar Jahren gewechselt hat.«

»Hat sie denn nicht mehr geschrieben?«

»Nein.«

»Vielleicht hat sie inzwischen geheiratet?«

»Ich weiß es nicht.«

Herr Heinrich erhob sich. »Wenn du nicht weißt, wohin, dann melde dich in meinem Personalbüro. Wir bringen dich schon irgendwo in meinem Betrieb unter. Meine Bedingung ist lediglich, dass du dich bei Herrn Janisch für das Theater, das du gemacht hast, entschuldigst. Du hast ihn damit in ein schlechtes Licht gerückt. Ist dir das klar?«

Marlies antwortete nicht.

Viktor begleitete seinen Herrn vor die Tür. Er war unzufrieden mit dem Verlauf des Gesprächs.

»Sie kann sich nicht bei Herrn Janisch entschuldigen, er hat ihr wirklich nachgestellt«, sagte er.

Herr Heinrich wandte ihm sein Gesicht zu. »Lieber Viktor, begebe dich nicht auf Glatteis! Man wird dem großen Herrn Janisch mehr Glauben schenken als diesem dahergelaufenen Mädchen.«

»Sie ist keine Prostituierte!«

»Nein, das ist sie nicht. Den Eindruck habe ich nun auch gewonnen. Aber noch gefährlicher ist es, Herrn Janisch einer solchen Machenschaft zu bezichtigen. Das muss dir einleuchten. Ich werde mich um die Dinge kümmern. Gute Nacht!«

»Was wirst du jetzt tun?«, fragte Viktor das Mädchen am gleichen Abend, als sie fertig gegessen hatten und die Mutter das Geschirr zusammenstellte.

»Ich werde das Haus von Daniel Janisch nicht mehr betreten«, sagte sie.

»Nein, das brauchst du auch nicht.«

»Ich verzichte auf die Hilfe deines Arbeitgebers. Lieber gehe ich wieder auf die Straße, in eine andere Gegend und zu fremden Menschen!«

»Marlies!«

Sie sah ihn an. »Ich weiß, du kommst wegen mir in Schwierigkeiten«, sagte sie. »Vielleicht gefährdest du sogar deine Stellung! Das wäre der Tod deiner Mutter, wenn sie das Haus verlassen müsste.«

Er konnte ihr nicht widersprechen. Er wusste, dass Daniel Janisch an seinem Untergang arbeitete.

Sie räumte den Tisch ab und machte sich daran, das Geschirr abzuwaschen.

Die Mutter wollte ihr folgen, aber Viktor hielt sie zurück. Es war ihm eine Idee gekommen.

»Mutter, wenn es dir recht ist, könnten wir Marlies behalten«, sagte er und musste seine Worte ein paar Mal wiederholen, bevor sie ihn verstand.

»Wofür, was soll sie denn tun?«, entgegnete die Alte.

»Du bist alt – warum sollen wir uns nicht eine Haushaltshilfe nehmen?«

»Kommt das nicht zu teuer?«

»Das lässt sich anderweitig einsparen.«

»Ob es Herrn Heinrich recht ist?«

»Das geht Herrn Heinrich nichts an. Oder muss ich ihn fragen, wenn ich eines Tages heiraten möchte?«

»Wie? Du willst sie heiraten?«

»Davon war nicht die Rede. Vielleicht würde ich es sogar tun, wenn sie mich mag. Hättest du etwas dagegen?«

»Sie ist fleißig und gut – aber sie ist halt fremd. Weißt du, welchen Glauben sie hat?«

»Den gleichen wie wir. Ich habe sie öfters mit Theresa in der Kirche gesehen.«

Jetzt war die Mutter zufrieden.

Als die alte Frau später schlafen ging, zur gleichen Stunde wie jeden Abend, war Viktor mit Marlies allein in der Stube.

»Fühlst du dich wirklich schon so gesund, dass du bis in die Nacht hinein arbeiten kannst?«, fragte er und beobachtete ihr bleiches, erschöpftes Gesicht. Doch das waren wohl eher die Sorgen, mit denen sie sich quälte.

»O ja!«, entgegnete sie.

»Ich möchte dir einen Vorschlag machen, Marlies: Die Mutter hat dich sehr gern, und da haben wir beschlossen – ich meine, wir möchten dich gerne als Haushaltshilfe im Haus behalten. Ich würde dafür die nächsten Tage nach Niedereich gehen und dich beim Gemeindeamt anmelden, denn das muss sein. Ich habe nur Bedenken, ob du mit dem Lohn zufrieden sein wirst, den ich dir bieten kann. Das wird nämlich nicht sehr viel sein.«

»Ich will keinen Lohn!«, erwiderte sie.

»Du musst doch etwas verdienen, Marlies! Was Herr Janisch dir bezahlt hat, kann ich dir freilich nicht geben!«

»Nein, Viktor, ich will kein Geld! Lass mich bitte einfach noch eine Weile hier bei euch sein! Ich habe mich wunderbar in diesem Haus erholt. Vielleicht gelingt es mir, meine Schwester zu finden. Sie würde sich sicher meiner annehmen und mir weiterhelfen. Sie kann nicht weit von hier leben. Ich muss sie finden!«

Er nickte gedankenvoll. »Wenn die großen Jagdtage vorbei sind und es in meiner Arbeit wieder ruhiger geworden ist, werde ich mich darum kümmern, Marlies. Ich komme jede Woche in die Stadt und auch sonst ein bisschen herum. Solange lassen wir alles, wie es ist. Einverstanden?«

Sie nickte.

»Von Daniel Janisch hast du nichts zu befürchten, solange du mein Haus nicht verlässt.«

Schon wenige Tage später betrat Viktor Eichler die Amtsstube des Bürgermeisters von Niedereich. Dieser, ein kräftiger, etwas herrischer Mann, mit harten, aber klugen Gesichtszügen und einem spitzen Kinnbart, begrüßte den Jäger vom Hochmoor wie einen alten, lieben Bekannten, denn auch er war immer bei den Großjagden als Gast dabei.

»Ich weiß schon«, sagte er, »nächste Woche kommen wir nochmals alle zusammen. Am Donnerstag. Nicht wahr? Der Wirt weiß Bescheid, und diesmal wird ihm das Bier nicht ausgehen wie im vergangenen Jahr. Und für den Tanz wird auch hergerichtet. Das gehört zu einem richtigen Jagdfest. Oder hast du andere Vorschläge?«

»Nein«, entgegnete Viktor.

»Oder gibt es eine Änderung?«

»Auch nicht, Herr Bürgermeister. Am Donnerstag ist das Jagdfest, und wenn der Wirt dafür Vorsorge trifft, kann es mir nur recht sein.«

»Das tut er. Wir haben es ihm deutlich genug mitgeteilt und auch unsere besonderen Wünsche angemeldet. Herr Janisch übernimmt die Leitung. Ich glaube, da rührt sich etwas, und heuer dürfte jeder auf seine Kosten kommen. Du kennst ihn ja!«

»Ja, ich kenne ihn!«

»Seinen Humor und Witz, wenn er jedem Einzelnen ein wenig hinter die Löffel schaut – ich freue mich schon darauf.«

»Ich auch, Herr Bürgermeister.«

»Es war heuer eine schöne und saubere Jagd – und sie war ausgezeichnet vorbereitet. Das ist dein Verdienst, Viktor! Alle Achtung! Dein Chef weiß es zu würdigen. Er hat dich sehr gelobt!«

»Danke! – Aber – was ich sagen wollte: Ich hätte noch eine Formalität zu erledigen. Deswegen bin ich eigentlich gekommen.«

»Und das wäre ...? Du wirst doch nicht plötzlich ans Heiraten denken?«

Viktor warf ihm einen argwöhnischen Blick zu. Wer konnte wissen, was nicht schon alles über ihn und seinen Schützling gesprochen wurde unter den Dorfbewohnern ...

»Ich möchte unsere Haushaltshilfe anmelden«, sagte er.

Der Dorfvorstand fand nichts Außergewöhnliches daran. »Eine Haushaltshilfe? – Deine Mutter wird sich halt schon recht schwer tun, nicht wahr? Wie lange wird es noch dauern, dann ist die pflegebedürftig. Du hast schon Recht, wenn du Vorsorge triffst!«

Das war alles, was der Bürgermeister dazu sagte. Dann setzte er sich an den Tisch, holte eine Formblatt aus der Schublade hervor und begann zu schreiben. »Name?«

»Marlies Bernatzky!«

»Geboren?«

Viktor musste sich erst besinnen, ehe er antwortete.

»Von wo zugezogen?«

»Sie ist bereits im Dorf beschäftigt und wohnhaft gewesen. Bei Herrn Daniel Janisch.«

Der Bürgermeister kreuzte den Blick des Jägers, als besänne er sich auf etwas. »Richtig! Sie wurde bereits von Herrn Janisch als unbekannt verzogen gemeldet. Komisch, hat ihr die Arbeit als Buchhalterin nicht gefallen? Es gibt heute nur noch wenige junge Leute, die im Haushalt arbeiten wollen.«

»Das mag schon sein – aber ist es notwendig, einen Grund hierfür anzugeben?«

»Nein! Sicher nicht. Ich habe nur einen Augenblick erwogen, was das Mädchen veranlasst haben könnte, die Arbeit dort aufzugeben.«

»Darüber wird man ganz verschiedener Meinung sein können.«

»Das glaube ich auch.« Der Bürgermeister bewegte den Kopf hin und her. »Die andere, die früher im Holzhof war, ist ins Moor gelaufen und hat sich im Sumpf ertränkt!«

»Weiß man denn genau, dass sie sich ertränkt hat?«

»Was sonst?«

»Es könnte auch ein Unfall gewesen sein!«

»Herr Janisch hat behauptet, dass sie sein Vertrauen missbraucht und viel Geld unterschlagen hat.«

»Ich weiß.«

»Er muss es wissen, denn schließlich war er der Geschädigte. Freilich, er war bisher immer sehr unvorsichtig in der Auswahl seiner Leute. Ich wenigstens würde es mir gründlich überlegen, ein Mädchen von der Straße weg in mein Haus zu nehmen und ihm gleich die ganze Buchführung und sogar die Inkassorechte anzuvertrauen.«

»Trotzdem habe ich das Gefühl, dass die Aufschrift am Kreuz draußen im Schilf nicht ganz richtig ist. Man müsste sie ändern. Sie erweckt den Eindruck, als hätte die Unglückliche sich selbst das Leben genommen.«

»Wer kann sagen, dass sie es nicht getan hat?«

»Ich glaube es einfach nicht!«

»Hm – mein lieber Viktor Eichler, wer kümmert sich darum, was der eine oder der andere glaubt. Es ändert auch nichts an der Tatsache. Das Mädchen ist tot.«

»Ich werde den Verdacht nicht los, dass das Mädchen aus irgendwelchen Gründen unter einem falschen Namen gelebt hat.«

»Wie? – Bist du verrückt?«

»Ich weiß genau, was ich sage, Herr Bürgermeister!«

»Wir brauchen ja nur im Totenbuch nachzuschlagen – außerdem lebt ihre Mutter noch!«

»Eine Mutter, die es nicht einmal der Mühe wert fand, sich ein einziges Mal um das Grab ihres Kindes zu kümmern?«

»Vielleicht schämte sie sich für ihre Tochter! Oder sie fürchtete, für den Betrug zur Verantwortung gezogen zu werden. Was weiß ich? – Jedenfalls sind es unnötige Gedanken, die wir uns machen. Lassen wir die Mutter in Ruhe und die Tote in Frieden, Viktor!«

Der Jäger wandte sich der Tür zu. »Mit meiner Angestellten geht alles in Ordnung?«

»Sicher.«

»Danke!«

»Moment noch, Viktor!« Der Bürgermeister erhob sich und lief ihm nach. »Es sind Gerüchte aufgetaucht, dass im Hochmoor gewildert wird. Ist das wahr?«

»Nein, das ist nicht wahr.«

»Gott sei Dank! Als Bürgermeister von Niedereich würde ich es sehr bedauern, wenn sich in meiner Gemeinde ein niederträchtiger Lump verbergen sollte. Wenn ja, wüsste ich nur einen, dem man auf die Finger schauen sollte: dem Samenter!«

»Falsch, Herr Bürgermeister! Wenn es einen Lumpen in der Gemeinde geben sollte, dann suche ich ihn ganz woanders. Mein Vater wurde erschossen. Der Samenter faulenzt gern, er säuft sich auch manchmal einen Rausch an, er vernachlässigt seine Pflicht gegenüber seiner Familie – aber morden tut er nicht! Er kann es ganz einfach nicht! Oder zweifeln Sie daran?«

»Nein.«

»Sehen Sie, wenn gewildert wurde, dann muss man den Gauner unter den wirklichen Verbrechern suchen. Verstehen Sie mich? Der Samenter aber ist kein Verbrecher!«

Wenn Viktor Eichler gedacht hatte, dass mit der ordnungsgemäßen Anmeldung von Marlies als Haushälterin allen Verleumdungen ein Riegel vorgelegt sein würde, so gab er sich einer schweren Täuschung hin. Die Gerüchte begannen nun erst recht zu schwirren.

Als er in die Stadt fuhr, um bei seinem Arbeitgeber zu erscheinen und die Lohngelder für die Torfarbeiter zu holen, fing Herr Heinrich gleich wieder davon an und fragte, ob jenes fremde Mädchen immer noch bei ihm wohne.

»Ja – und ich werde sie auch behalten. Meine Mutter ist alt, sie tut sich mit jedem Tag schwerer.

Einmal wird sie Pflege brauchen, und dann werden wir beide froh sein, wenn ein junges, weibliches Wesen das Haus betreut!«, entgegnete Viktor aufrichtig.

»Das sagst du sehr ehrlich, aber ich muss doch meinen Einspruch erheben, Viktor. Ich habe dir schon gesagt, dass ich absolut nicht kleinlich bin und dass ich mich nur ungern in deine privaten Angelegenheiten einmische. Aber es ist wegen der öffentlichen Meinung. Die Leute vom Dorf nehmen Anstoß daran. Man sagt, dass dieses Mädchen deine Geliebte sei!«

»Das ist nicht wahr!«

»Ob es wahr ist oder nicht, man sagt es ganz einfach!«

»Ich weiß, dass ›man‹ Herr Janisch ist, und das habe ich erwartet!«

Der Jagdherr streifte mit einem Blick über das Gesicht seines Jägers. Aber er ging auf seinen Einwand nicht ein. »Ich wollte euch beiden helfen, als ich anbot, das Mädchen in meinen Betrieb zu nehmen. Offenbar fand mein Angebot wenig Beachtung. Was du nun machst, ist mir gleich: Du magst das Mädchen heiraten oder aus dem Haus jagen – aber eins von beidem muss geschehen.«

Viktor stand auf. Groß und trotzig stand er da. »Ja, es wird etwas geschehen, Herr Heinrich!«, sagte er. »Übermorgen ist Jägertanz, dann hoffentlich kann ich diesen Heuchlern den Wind aus den Segeln nehmen!«

Als der Jäger vom Hochmoor am Abend diesen Tages im Zug aus der Stadt zum Dorf zurückfuhr, befanden sich seine Gefühle in einem aufgewühlten Zustand. Nicht die Worte seines Jagdherrn hatten ihn durcheinander gebracht, sondern ein einziger Gedanke, der ihn wie ein Blitz durchzuckt hatte, als er den ganzen unseligen Ereignissen nachgrübelte. An diesem Gedanken krallte er sich fest, als fürchtete er, ihn wieder aus dem Sinn zu verlieren. Wie unter einer Eingebung sah er plötzlich klar und deutlich, was sich vor vielen, vielen Jahren, kurze Zeit nachdem er aus der Kriegsgefangenschaft heimgekehrt war, zugetragen haben musste.

Man hatte im Hochmoor gewildert. Täglich fand der Vater neue Spuren des Frevels. Und als er den Schurken stellte, wurde er kurzerhand niedergeschossen.

Dann war all die Jahre wieder Ruhe. Bis er, der Sohn, abermals Spuren gemeinen Wildfrevels entdeckte. Hätte er zugegriffen, wäre ihm der Samenter in die Hände geraten. Aber er wollte nicht den Samenter fangen, sondern den anderen, den unbekannten Mörder seines Vater. Deshalb ließ er den Samenter laufen.

Es war heute nicht das erste Mal, dass seine Gedanken diesen Punkt umkreisten wie eine Meute, die ihr Opfer zum Erliegen bringen wollte, aber noch nie fand er seinen Verdacht so bestätigt wie heute.

Er fieberte förmlich dem Augenblick entgegen, endlich den Mann zu stellen, der seinen Vater hinterhältig niedergeschossen hatte.

Auch im Zug grübelte er den Dingen nach und kümmerte sich nicht darum, wer sich außer ihm noch im Waggon befand. Es waren nur ein paar wenige Menschen, die um diese Zeit noch hier im Abteil saßen, ein Bauer und eine alte Frau mit zwei Tragekörben, die in der Stadt Blumen verkauft hatte.

Doch dann zog Viktor Eichler artig den Hut, denn er hatte den Pfarrer von Niedereich entdeckt, der ihn wohl schon eine ganze Weile beobachtet hatte. Es war ihm nicht ganz recht, als der Geistliche seinen Platz verließ, um sich zu ihm zu setzen.

»Sie gestatten doch?«

»Bitte!« Viktor wäre lieber seinen Gedanken nachgehangen, die von ungeheurer Wichtigkeit waren, als sich mit dem Pfarrer von Niedereich über belanglose Dinge zu unterhalten.

Aber die waren gar nicht so belanglos, wie Viktor erwartet hatte, denn nach einer anfänglichen, harmlosen Konversation, wie sie sich üblicherweise zwischen Bekannten abspielt, und nach ein paar Minuten des Schweigens wechselte der Pfarrer plötzlich das Thema: »Wie gut, dass ich Sie heute so zufällig treffe, Herr Eichler. Ich wollte dieser Tage sowieso zu Ihnen ins Moor hinauskommen, um etwas zu besprechen, was mir sehr am Herzen liegt.«

»Bitte, Herr Pfarrer, wenn Sie mir etwas zu sagen haben, ich stehe Ihnen zur Verfügung!«

»Es berührt mich peinlich, nachdem wir uns so gut kennen; mit Ihrem Vater habe ich oft Schafkopf am Biertisch geklopft – aber ich tue gewissermaßen meine Pflicht, wenn ich Sie persönlich bitte, doch um Gottes willen besser auf Ihren Ruf zu achten, der, wie Sie wissen, im Dorf ein ganz ausgezeichneter ist!«

Der Jäger zog die Stirn kraus. Seine Hände krampften sich zusammen. Aber er schwieg und warf einen Blick zum Fenster hinaus.

»Um es kurz zu machen«, fuhr der Pfarrer fort. »Es werden gerade Gerüchte zu mir in den Pfarrhof getragen, die, so Leid es mir tut, nicht länger unbeachtet bleiben dürfen. Sie haben eine fromme, alte Mutter, Ihr Haus war allzeit ein frommes, christliches Haus. Es wäre eine herbe Enttäuschung, wenn es stimmt, was mir zu Ohren kam, nämlich dass Sie mit einem fremden Mädchen in Unehre zusammenleben!«

Viktor Eichler überlegte, ob er dem Mann darauf eine Antwort geben sollte oder nicht. Sein Gesicht wurde finster.

»Ich spreche zu Ihnen als alter Freund Ihres Vaters, drum sollen Sie mir meine Offenheit nicht übel nehmen. Man nimmt Anstoß daran, und ich würde mir ein Gewissen daraus machen, wenn ich Ihnen nicht reinen Wein einschenkte!«

Viktor atmete herb auf. »Wenn Sie wissen wollen, wie die Dinge wirklich liegen, Herr Pfarrer, dann lassen Sie sich die Geschichte erzählen: Nachdem ich das Mädchen schwer verletzt im Moor gefunden und in mein Haus getragen habe, musste ich doch aus Christlichkeit dafür sorgen, dass sie am Leben blieb. Aber auch nach ihrer Genesung konnte ich es nicht mit meinem Gewissen vereinbaren, sie einfach aus dem Haus zu jagen, weil ich sie dadurch in große Gefahren gebracht hätte. Außerdem: Fragen Sie doch meine Mutter! Sie wird Ihnen sagen, dass sie einverstanden ist, dass Frau Bernatzky, Marlies Bernatzky, bei uns wohnt – und arbeitet. Lassen Sie sich dazu bitte auch vom Bürgermeister bestätigen, dass ich das Mädchen bei ihm persönlich ordnungsgemäß als unsere Haushaltshilfe angemeldet habe. Bitte, sagen Sie das den Leuten, die Ihnen Gerüchte von einem anrüchigen Zusammenleben zutragen!«

»Wenn die Sache so ist, kann niemand etwas dagegen einzuwenden haben. Aber Sie wissen ja, nichts kann dem Menschen mehr schaden als eine böse, geschwätzige Zunge. Und darum habe ich gemeint, Ihnen einen guten Rat geben zu können, wenn ich sie heute ersuche, dieses Mädchen, sobald es die Umstände erlauben, aus Ihrem Haus zu entfernen!«

Der Jäger schüttelte den Kopf. »Ich weiß sehr gut, von wem diese Gerüchte stammen, Herr Pfarrer, und ich weiß auch, was sie bezwecken sollen! Es tut mir deshalb Leid, Ihren Rat zurückweisen zu müssen. Das Mädchen wird weiterhin als unsere Haushaltshilfe bei uns bleiben, auch wenn ich deswegen bei allen Leuten in ein schiefes Licht geraten sollte! Ich lege keinen Wert darauf, bei Menschen im Ansehen zu stehen, die an Verleumdungen und Diffamierungen so viel Freude haben. Wer schlecht denkt, ist auch schlecht, Herr Pfarrer!«

»Von wem sprechen Sie?«

»Von Herrn Daniel Janisch!«

»Warum ausgerechnet ...?«

»Hören Sie, Herr Pfarrer, das gehört auch zu der Geschichte: Frau Bernatzky war zuvor Buchhalterin im Holzhof. Sie ist mitten in der Nacht aus dem Haus geflohen. Herr Janisch hat ihr seine riesige, bissige Dogge nachgehetzt. Wenn ich nicht zufällig dazugekommen wäre und das wütende Tier durch einen Schuss getötet hätte, wäre sie vielleicht erst am anderen Tag zerfleischt aufgefunden worden. Ist das etwa christlich?«

Der Pfarrer saß jetzt mit offenem Mund da. Er wollte etwas sagen, aber er brachte nur einen Ausruf des Entsetzens heraus.

»Im Schilf steht ein Kreuz, Herr Pfarrer«, fuhr der Jäger verbittert fort. »Man hat damals über das unglückliche Mädchen kurzerhand den Stab gebrochen. Warum? Weil Herr Janisch plötzlich entdeckt hat, dass seine Buchhalterin Unterschlagungen getätigt haben soll. Tote haben keinen Anwalt unter den Menschen. Es hat sich niemand gefunden, der sich der Verteidigung jenes Mädchens angenommen hätte. Nicht einmal die eigene Mutter! Ist das nicht grausam? – Ich bin nur noch nicht fertig mit dem Material, das ich zur Beweisführung brauche, aber ich werde es schaffen, nachzuweisen, dass sie unschuldig gestorben ist! – Sehen Sie, und bei Marlies Bernatzky nahm das Schicksal einen anderen Weg. Es gibt glücklicherweise kein zweites Kreuz im Schilf!«

»Eichler!«, entkam es dem Pfarrer.

Sie sahen sich mit versteinerten Gesichtern an.

Der Zug fuhr in einen Bahnhof ein. Sie hörten die Stimme des Schaffners den Namen des Ortes ausrufen. An der nächsten Station würden sie aussteigen müssen. Der Zug fuhr wieder an.

»Wenn ich Ihnen nun eine persönlich Frage stellen darf: Warum heiraten Sie das Mädchen nicht?«, fragte der Pfarrer plötzlich.

Viktor schaute auf. »Ich habe es mir schon überlegt – eine Zuneigung empfinde ich durchaus für sie. Aber ich habe mich gefragt, ob ich nicht schon zu alt bin für so was. Außerdem müsste ich Marlies Bernatzky erst einmal fragen, ob sie überhaupt meine Frau werden möchte, denn ich weiß nicht, ob sie etwas für mich übrig hat. Darüber hinaus ist es sehr einsam bei dem Jäger im Hochmoor, nicht jeder kann oder will so leben.«

»Verzeihen Sie, noch eine andere Frage, Herr Eichler: Ich habe Sie an den letzten Sonntagen nicht mehr bei uns in der Kirche gesehen, nachdem Sie doch sonst immer gekommen sind, und das bei jedem Wetter, sogar im Winter, wenn tiefer Schnee lag. Sie stellen sich damit selbst außerhalb die Gemeinschaft.«

»Einer Gemeinschaft von Heuchlern? Darauf kann ich wirklich verzichten!«

»Viktor!«, rief der Pfarrer beschwörend und nannte ihn sogar beim Vornamen.

Der Jäger stieß ein bitteres Lachen aus. »Man hat mich nicht nur bei Ihnen und bei allen einflussreichen Leuten als einen verworfenen Menschen hingestellt, sondern auch bei meinem Jagdherrn. Vielleicht hatte man erwartet, dass Herr Heinrich mich von meinem Posten jagen wird. Bis jetzt hat er es noch nicht getan. Das Andenken an meinen Vater, der sein Leben im Dienst verlor, hält ihn wohl davon zurück. Aber ansonsten glaubt man dem, der diese Lügen über mich verbreitet, ja offensichtlich mehr als mir. Ich weiß, wo mein Todfeind steckt, Herr Pfarrer! Er ist auch am Sonntag bei Ihnen in der Kirche! Und deshalb bin ich nicht dort!«

Jetzt rauschten abermals die Bremsen. Der Zug stand. »Niedereich!«, rief der Schaffner. Der Pfarrer und der Jäger stiegen aus und verabschiedeten sich voneinander. Es gab auch nichts mehr zu sagen. Als Viktor jedoch mit großen Schritten den Weg in Richtung Moor einschlug, ließ er immerhin einen nachdenklichen Pfarrer zurück.

Es war tiefe Nacht, als Viktor Eichler in seinem Haus weit hinten im Moor ankam. Er hatte einen weiten Bogen um das Dorf gemacht, nicht etwa aus Furcht, sondern wegen seiner Gedanken, die er wieder aufgenommen und daran weitergesponnen hatte.

Er war zunächst vorbeigekommen an der verlotterten Hütte der Samenter. Sie lag dunkel und war ohne Licht. Offenbar waren die Leute schon ins Bett gegangen. Danach war er sogar noch ans »Mooshäusl« geraten, aber nicht eingekehrt. Die Läden waren wie immer geschlossen, aber durch die Ritzen drang das Licht und verriet, dass dort noch Betrieb war.

Er drückte die Klinke nieder. Die Tür war nicht versperrt. Leise zog er sie wieder zu und legte sein Ohr an einen der zugeklappten Fensterläden, um die Stimmen zu hören und zu erkennen, die halblaut ertönten.

Dann ging er weiter durch das Moor. Von Ferne sah er schon, dass in seiner Stube noch Licht war. Die Tür war verriegelt. Er musste erst klopfen.

Eine Stimme fragte, wer da sei. Es war Marlies, und sie öffnete ihm sogleich.

»Die Mutter ist wohl schon im Bett?«, fragte er, als sie die Stube betraten.

»Ja.«

Im Ofen krachte das Feuer. Er war froh um die Wärme, die Nacht war kalt geworden, als die Nebel aufstiegen.

Sein Gesicht zeigte eine harte, fast düstere Entschlossenheit, als hätte er heute unangenehme Erlebnisse gehabt. Schweigend sperrte er den Schrank auf und verwahrte die Lohngelder, die er mitgebracht hatte.

Ihr Blick verfolgte ihn, gerne hätte sie ihn gefragt, was ihn bedrückte. Aber sie wagte es nicht.

Gewiss hatte man ihn heute vor die Entscheidung gestellt, dass er entweder sie aus dem Haus weisen oder seinen Posten verlassen solle.

Sie musste gehen, wenn er nicht vor unüberwindlichen Schwierigkeiten stehen sollte. Morgen musste sie mit ihm reden, ihm danken für alles, was er für sie getan und erduldet hatte.

Morgen! Heute nicht mehr – und dann wollte sie gehen.

»Gute Nacht!«, sagte sie.

Er wandte sich um. »Du gehst schon zu Bett?«, fragte er und richtete seinen Blick nach der Uhr. »Freilich, es ist ja schon spät – ich wollte dir eigentlich noch etwas sagen, Marlies ...«

»Sag es. Ich bleibe noch gern auf.«

»Wirklich? – Dann setze dich noch ein wenig zu mir!«

Sie setzten sich an den Tisch.

Er stützte den Kopf in die Hand und spielte nachdenklich mit der Taschenlampe, die er hervorgezogen hatte.

»Ich weiß schon, ich bin ein wunderlicher Waldkauz«, begann er dann. »Ich bin hier hinten im Moor geboren und groß geworden. Als blutjungen Menschen hat man mich in den Krieg geholt. Da erst lernte ich die Welt kennen, soweit man sie im Krieg kennen lernen kann. Man hat sich wenig darum gekümmert, weil man täglich um sein eigenes Leben bangte und die Kameraden um sich herum zusammenbrechen sah. Vielleicht bin ich deshalb so sonderbar geworden. Kaum war ich daheim und befasste mich mit meiner eigenen Zukunft, da fand ich den Vater in seinem eigenen Blut. Man hatte ihn erschossen. Daraufhin trug Herr Heinrich mir den

Dienst eines Jäger an. Ich habe mich nie um Mädchen gekümmert oder mich unter ihnen umgeschaut. Ich wusste von vornherein, das keines mir als meine Frau in die Einsamkeit des Moores gefolgt wäre. Die Mädchen von heute wollen mitten im Leben stehen, in der Gesellschaft von Menschen. Es kann auch sein, dass ich zu wenig verdiente. Mein Vater hatte es nicht besser, aber ich kann mich nicht erinnern, dass wir einmal eine richtige Not gelitten hätten. Es gab genug zu essen, wir fuhren zuweilen sogar in die Stadt, und an Weihnachten gab es die gleichen Geschenke wie überall.«

Er brach ab und sann vor sich hin.

»Heute ist mein Verdienst viel besser«, fuhr er fort. »Aber ich bin älter geworden. Im nächsten Monat werde ich achtunddreißig. Da überlegt man zu viel. Bis dann die junge Buchhalterin, die Martina, im Holzhof anfing. Ich hätte sie geheiratet, weil ich sie sehr geliebt habe. Ich habe dir davon erzählt, Marlies, und auch, welches Ende dieser schöne Traum genommen hat. – Aber das ist lange her und in dieser Zeit habe ich auch geglaubt, dass ich mich nie mehr wieder verlieben könnte. Der Schmerz war zu groß. Mein Entschluss, Martina zu rehabilitieren, steht immer noch fest, und ich arbeite hart daran. – Seit ich dich kenne, weiß ich, dass ich Martina zwar nie vergessen werde, aber auch, dass das Leben weitergeht. Du erinnerst mich in Vielem an sie – was würdest du sagen, wenn ich dich fragen würde, ob du dich wohl mit der Einsamkeit unseres Hochmoores anfreunden könntest und mit den Menschen hier, mit mir? Was würdest du sagen, wenn ich dir meine Hand bieten wollte fürs Leben?«

Das war für Marlies nun doch etwas zu überraschend gekommen. Sie fand keine Antwort darauf und schaute ganz verwirrt in sein braunes, wettergegerbtes Gesicht.

»Du kennst mich, meine Mutter, das Haus, das Moor, von dem wir umgeben sind. Denke jetzt nicht an das Dorf und an die Menschen dort, sie sind überall die gleichen, gut und böse, voll Neid und Habgier, voll Missgunst und Rache. Sie gehen uns nichts an. Unser Reich ist das Moor, bis hierhin gelangen keine Lügen und Verleumdungen. – Marlies, ich liebe dich, ich habe es nur nie zu sagen gewagt. Aber jetzt muss ich es tun! Die Umstände drängen mich dazu, ich will nicht, dass wir uns eines Tages trennen. Du brauchst mir darauf nicht sofort zu antworten, Marlies, du sollst dir alles in Ruhe überlegen. Wenn du aber glaubst, dass ich der Mann bin, mit dem du glücklich werden kannst, dann danke ich meinem Schicksal, das dich mir auf einem so ungewöhnlichen Weg entgegengeführt hat. Wenn nicht, nun, dann werde ich es tragen müssen wie alles Schwere, dass hier schon über mich gekommen ist. Es soll sich nichts ändern an unserer Freundschaft, und die Menschen mögen umsonst Steine auf uns werfen. Ich werde dich nie verlassen, Marlies!«

Marlies sah ihn mit großen Augen staunend an, als könne sie nicht glauben, was er da gesagt hatte. Tatsächlich war sie sehr verwirrt und in ihrem Kopf wirbelte alles durcheinander: dass sie ihn liebte, dass sie deshalb doch gehen wollte, um ihm nicht zu schaden, und jetzt sein Antrag, mit dem sie niemals gerechnet hätte. Sie konnte es immer noch nicht fassen.

Aber er griff nach ihrer Hand und drückte sie sanft und innig.

Da sank sie an seine Brust und flüsterte: »Ja – ich liebe dich!«

Er legte seine Hand auf ihr Haar und drückte ihren Kopf sanft und zärtlich an sich. »Marlies!«

Sie saßen noch eine Weile so beisammen und genossen die Nähe des anderen, glücklich, sich endlich offenbart zu haben.

»Ich werde nicht mehr lange warten und noch in dieser Woche das Aufgebot bestellen, wenn du damit einverstanden bist«, sagte er. »Dann bist du meine Frau, und alles Gerede hat damit ein für allemal ein Ende.«

Schon am nächsten Tag unterrichtete Viktor seine Mutter von seinem Entschluss, das Mädchen heiraten zu wollen, sobald alle Formalitäten hierzu erledigt waren.

Die Alte war davon nicht überrascht. Sie hätte ja blind sein müssen, wenn sie nicht von Anbeginn an gesehen hätte, dass die beiden Menschen sich mehr als freundschaftliche Gefühle entgegenbrachten.

Aber was sollte sie dazu sagen? Konnte sie etwas sagen? Ihr Sohn war alt genug, um zu wissen, was er tat. Sie konnte an dem Mädchen nichts weiter aussetzen, skeptisch war die alte Frau nur ob der Tatsachen, dass es fremd war, keine Heimat hatte und keine Familie angeben konnte, vielleicht auch, dass Marlies für ihre Begriffe ein wenig zu modern und flott aussah. Aber sie kam eben aus der Stadt und hatte andere Manieren und einen anderen Geschmack. »Wenn das nur gut geht!«, sagte sie deshalb nur.

»Warum soll es nicht gut gehen, Mutter?«

»Sie ist noch zu kurz hier. Was, wenn sie Heimweh nach der Stadt bekommt? Du kannst von hier nicht weg. Euer Leben wird im Hochmoor stattfinden, wie das meinige auch. Das Moor muss ihr zur Heimat werden.«

»Wir lieben uns, Mutter. Wo die Liebe ist, ist auch die Heimat.«

Als der Jäger das Haus verlassen hatte, um die Arbeiter vom Torfstich aufzusuchen, führte die Mutter ein ähnliches Gespräch mit Marlies, um das Mädchen zu prüfen, ob es sich seines Entschlusses sicher war. »Die Hauptsache ist das Vertrauen, das ihr einander schenkt und bewahrt. Die Menschen hier sind oft sehr schlimm! Ich fürchte, dass sie dich nicht aufnehmen wollen. Du wirst im Dorf immer eine Fremde sein. Die Leute von Niedereich sind nun einmal so.«

Marlies musste sich ehrlicherweise eingestehen, dass die Mutter allzu wahr sprach. Wenn sie nur bedachte, dass Daniel Janisch in ihrer Nachbarschaft lebte! Sie konnte und durfte sich nicht von der scheinbaren Ruhe täuschen lassen, denn Daniel Janisch, der Holzhändler en gros, war nicht der Mann, der eine Niederlage einsteckte, ohne auf Rache zu sinnen. Eines Tages brach eine Vergeltung über sie herein, und er würde sich wohl kaum ein Gewissen machen, wenn sie inzwischen die Frau eines Mannes geworden war. Das musste ja auch Viktor bewusst sein, und er würde gewiss darauf achten, dass ihr nichts geschah. Aber welches Ende konnte die Feindschaft nehmen? Vielleicht erging es ihr einmal genauso wie dieser alten Frau hier, dass sie einmal, vielleicht später oder gar schon nach wenigen Jahren, ihren Mann im Blut fand, erschossen von gewissenlosen Wildschützen. Dieser Gedanke war unerträglich. Er erfüllte sie mit namenloser Furcht. Sie hielt immer noch den ganzen Tag die Tür verriegelt, wenn Viktor nicht daheim war. Das allein schon zeigte, wie unsicher sie sich fühlte.

Am Abend saßen die drei Menschen vom Jägerhaus beim gemeinsamen Nachtessen. »Morgen kommen die Jäger im Wirtshaus von Niedereich zusammen«, sagte Viktor. »Zum Abschluss der großen Jagd gibt es immer ein kleines Dorffest. Es wird gezecht und getrunken, später sogar getanzt, alles auf Kosten des Jagdherrn, versteht sich«, erklärte er. »Die Leute wissen das und kommen sehr zahlreich. Meistens ist der ganze Saal voll. Nächstes Jahr bist du auch dabei, Marlies, als meine Frau. Ich hätte dich heuer schon mitgenommen, schon um dich als meine Braut vorzustellen und mich über die verblüfften Gesichtern zu amüsieren. Aber ich fürchte, dir fehlt noch der Mut dazu, und mir auch, denn Daniel Janisch ist natürlich auch zugegen und spielt gewöhnlich den Wortführer. Ein solches Verhalten unsererseits wäre provokant und wir würden uns womöglich nur in Gefahr bringen.«

»Du hast Recht, das sollten wir jetzt lieber bleiben lassen angesichts der aufgeheizten Stimmung!«

»Stimmt. Aber es wird morgen spät werden, du brauchst nicht auf mich zu warten.«

»Und wenn ich trotzdem warte …?«

»Ich kann es dir nicht verbieten, und ich freue mich natürlich sehr, wenn ich dich noch sehe. Übermorgen dann gehe ich zum Pfarramt und zum Gemeindeamt. Deine Papiere hast du, ja?«

Sie nickte.

»Man braucht eine Menge von diesem Zeug: Geburtsschein, Impfschein, Taufschein und was noch alles.«

Normalerweise ging die Mutter immer gleich nach dem Aufräumen zu Bett. Heute winkte sie Marlies noch zu sich heran. »Damit du weißt, dass ich dich gern habe«, sagte sie, griff mit dem Finger in den Weihwasserkessel und betupfte damit die Stirn des Mädchens. »Es wird manches Harte über dich kommen, denn die Frau eines Jägers vom Hochmoor ist viel allein. Gott möge dich davor bewahren, dass du eines Tages so ganz verlassen dastehst, wie es mir geschah!« Dann machte sie ein Kreuz auf ihre Stirn.

»Mutter!«, sagte Viktor ergriffen.

»Mutter!«, wiederholte Marlies.

Ihnen war bewusst, dass sie ihnen damit ihren Segen zu ihrer Verbindung gegeben hatte.

Noch ahnten sie beide nicht, dass ihnen noch eine erschütternde Überraschung bevorstand, die zunächst den Jäger vor ganz neue Tatsachen stellte und seine ganze Kraft erforderte, um seine Ruhe zu bewahren.

Als sie später noch ein wenig am warmen Ofen saßen, fiel sein Blick auf einmal auf das dünne Silberkettchen an ihrem Hals. Dadurch wurde er zu einer Erinnerung angeregt, die ihn mächtig beschäftigte.

»Ich habe dir noch nicht gesagt, Marlies, dass meiner Seele etwas wie ein dunkler Fleck anhaftet. Sooft ich das Kettchen an deinem Hals sehe, werde ich daran erinnert, und es lässt mir keine Ruhe, deshalb gestehe ich dir jetzt, dass ich einmal zu einem ganz miserablen Dieb wurde …«

Sie lachte. Denn es konnte ja nichts anderes sein, als irgendeine belanglose Geschichte, die er sich vielleicht einmal als kleiner Junge geleistet hatte.

»Vielleicht willst du mich später einmal eine Zeit lang loshaben, dann brauchst du nur zur Anzeige zu bringen, was ich dir nun beichte. Dafür sperrt man mich mindestens ein paar Monate ein.«

»Trotzdem willst du es mir beichten?«, fragte sie, und man merkte, dass das Ganze sie belustigte.

Aber da wurde er plötzlich ernst. »So wie du trug auch die Martina damals ein Silberkettchen um den Hals. Sie hatte es auch um den Hals, als man sie tot im Moor fand. – Ich weiß nicht, was damals in mir vorging. Mein Mitleid war grenzenlos, meine Liebe zu der Toten unermesslich. Ich war davon überzeugt, dass mit ihrem Tod auch mein Leben zu Ende ging. Ich wollte mir etwas von ihr bewahren, ein Andenken, das mich immerfort an sie erinnern würde ... Als ich bei ihr wachte, bis die Kommission eintraf, neigte ich mich hinab und nahm das Kettchen von ihrem Hals, an dem ein silbernes Medaillon hing. Das weiß niemand, nicht einmal meine Mutter. Ich versteckte es so gut, dass nie ein Mensch etwas davon merkte. Ich machte mir kein Gewissen daraus, denn ich fühlte mich dazu berechtigt.«

Marlies nickte gerührt. »Als ich ein Jahr alt war, also an meinem zweiten Geburtstag, hat meine Mutter mir mein Kettchen umgehängt. Seitdem trage ich es. Das kleine Medaillon mit dem Schutzengel darauf hat mich durch alle Tage meines Lebens begleitet, es hat mich bis heute in allen Gefahren beschützt. Ich glaube wenigstens daran, und ich hatte immer das Gefühl, dass – wenn ich es trage – meine Mutter um mich ist.«

Sie zog das Medaillon hervor und hielt es ihm entgegen.

Viktor betrachtete es. Es nahm es in seine Hand und besah die Rückseite. Ein Datum war eingraviert sowie darunter der Name ›Marlies‹ und ganz klein und zierlich: ›Zu deinem zweiten Geburtstag von deinen Eltern. Gott schütze dich!‹

Viktor ließ das Medaillon fallen, als wäre es plötzlich glühend heiß. Einen Augenblick glich sein Gesicht einer aus Stein gemeißelten Maske. Er wollte etwas sagen, verstummte aber gleich nach dem ersten Laut.

Sie versenkte das kleine Medaillon wieder unter ihr Kleid. »Was hast du?«

»Ich? – Nichts, Marlies. Es gefällt mir, dass du das Andenken an deine Eltern so hoch in Ehren hältst.«

»Ja, meine Eltern waren gut. Das wird auch meine Schwester nie vergessen haben.«

»Kaum.«

Er war auf einmal sehr schweigsam und nachdenklich geworden. Es fiel ihr auf. Sie schaute ihn aufmerksam an. »An was denkst du?«, fragte sie.

»Ach – es fiel mir ein, dass ich morgen dringend in die Stadt muss.«

»Morgen ist doch das Jagdfest. Darf da der Jäger fehlen?«

»Eben! – Ich müsste gleich mit dem ersten Zug fahren, um mittags wieder zurück zu sein.« Er schaute nach der Uhr.

»Muss das sein?«

»Ja, es muss sein, Marlies. Es geht um ganz wichtige Dinge!«

»Auf einmal?«

»Es ist mir eben eingefallen.« Er vermochte seine Aufregung kaum mehr zu verbergen.

»Wann fährst du schon?«

»Mit dem ersten Zug. Du brauchst mich nicht zu wecken.«

»Aber ich möchte dir wenigstens das Frühstück bereiten.«

»Danke, liebe Marlies, das mache ich selbst. Schlaf gut!« Er gab ihr einen sanften Kuss. Dann eilte er auf seine Schlafstube, sperrte den Schrank auf und zog eine Schublade hervor. Er musste lange darin suchen, bis er in den Händen hielt, was er suchte.

Es war ein silbernes Kettchen mit einem Medaillon daran, das dem von Marlies sehr ähnelte: Es hatte auch den Schutzengel und der eingravierte Schriftzug auf der Rückseite der Plakette, selbst der Wortlaut war fast der Gleiche: ›Martina – zu Deinem ersten Geburtstag von Deinen Eltern. Gott schütze Dich!‹

Das war der Beweis. »Arme Marlies – deine Schwester ist tot!«

Es war eine schmerzliche und grausame Entdeckung, die er da gemacht hatte. Er schloss die Augen.

Frühzeitig stand er auf. Als er in die Stube kam, war Marlies schon da. Auf dem Tisch dampfte der Kaffee. Im Ofen brannte bereits das Feuer.

»Marlies! – Ich habe doch gesagt …«

»Nein! Wenn du schon so früh weggehen musst, sollst du wenigstens richtig frühstücken! Daran wirst du dich gewöhnen müssen, bin ich erst deine Frau!« Sie sagte es heiter.

Er küsste sie auf die Wange. Dann trank er den Kaffee und schaute nebenbei auf die Uhr. Es war höchste Zeit. Der Weg zur Bahn war weit. Draußen war noch tiefe Nacht.

»Was war gestern Abend?«, fragte sie plötzlich. »Du warst plötzlich so sonderbar. Ich habe noch lange darüber nachgedacht.«

»Jede Woche komme ich in die Stadt, Marlies. Erst vorgestern war ich wieder dort. Jedes Mal gibt es eine Menge zu erledigen, und wenn man daheim ist und merkt, dass man die Hauptsache vergessen oder übersehen hat, dann ärgert man sich. Oder nicht? – Ich könnte mir die Haare ausreißen, wenn ich manchmal wie ein Blinder in der Welt herumlauf!« Er hatte es sehr eilig. »Also – ich weiß nicht, bis wann ich heute zurückkomme …«

»Ich werde trotzdem warten!«, beharrte sie.

»Wenn du willst … Lege dann wenigstens den Riegel vor. Mein Klopfzeichen kennst du!«

Er nahm sie zum Abschied kurz in den Arm, dann machte er sich eilig auf den Weg.

Marlies wurde plötzlich von einer bösen Ahnung befallen, und zwar mit einer solchen Wucht, dass sie glaubte, den davonhastenden Mann zurückrufen zu müssen. Doch sie tat es nicht.

Dichter Herbstnebel lag über dem Moor. Vom Dach des Hauses und von den Bäumen tropfte die Nässe. Eine ungeheure, fast bedrohlich wirkende Stille umgab das einsame Haus.

Marlies schloss die Tür und legte den Riegel vor. Sie fürchtete sich heute wieder.

8

Es war noch früh am Tag, aber der geschäftige Verkehr der Stadt hatte schon in vollem Umfang eingesetzt, als Viktor Eichler in der Sterngasse im Hinterhaus der Nummer 14 zum vierten Stock hinaufstieg.

Er war ja schon einmal hier gewesen und fand sich sofort zurecht.

Aber er war dann sehr enttäuscht, als er an der Tür statt der Gesuchten einen ganz anderen Namen vorfand.

Trotzdem drückte er auf den Klingelknopf, worauf eine junge Frau öffnete.

»Verzeihen Sie, hat hier nicht einmal eine Frau Lenz gewohnt?«

Es hatte fast den Anschein, als wollte die junge Frau bei Nennung dieses Namens die Nase rümpfen. »Frau Lenz ist vor drei Wochen von hier fortgezogen«, war die kurze Antwort.

»Wohin?«

»In die Pfandhausstraße Nummer 46, Rückgebäude.«

»Wenn Sie mir noch sagen wollten, wo die Pfandhausstraße liegt?«

»In der Nähe der Schießstatt.«

Viktor wusste ebenso wenig, wo die Schießstatt lag. Aber die Frau war ihm zu kurzangebunden und zu unfreundlich, um noch weitere Fragen an sie zu richten. »Danke!«, sagte er und ging.

Hinter ihm fiel die Tür ins Schloss.

Es verging eine Menge kostbarer Zeit, bis der Jäger vom Hochmoor sich zur Pfandhausstraße durchgefragt hatte.

Nummer 46! Da er sich am Anfang der Straße befand, musste er bis ans andere Ende laufen, und das zog sich. Die Häuser standen immer weiter auseinander und hörten schließlich ganz auf. Ein freies, ödes Gelände, das als Sport- oder Exerzierplatz verwendet wurde, lag schließlich vor ihm. Dort befand sich noch ein einzelnes Haus, an das einige Holzbaracken anschlossen. Das war Nummer 46!

Viktor ging auf die erste Baracke zu. Er klopfte an die Tür. Eine alte, ungepflegt wirkende, aber wohlgenährte Frau kam heraus. Sie war unfrisiert, ihr Gesicht war verlebt und sie war auf den ersten Eindruck keine Vertrauen erweckende Erscheinung. Die grauen Augen blickten abweisend und zudringlich zugleich.

»Ich suche Frau Lenz, die früher in der Sterngasse 14 gewohnt hat«, sagte der Jäger. »Können Sie mir sagen, wo ich sie finde?«

Die Alte maß ihn mit einem misstrauischen Blick. »Ich selbst bin diese Frau Lenz«, sagte sie dann mit tiefer, rauer Raucherstimme. »Was wollen Sie?«

»Ich möchte Sie sprechen.«

»In welcher Angelegenheit?«

Viktor blickte sich im Hofraum um, wo sich bereits einige Kinder angesammelt hatten und ihn voll Neugier betrachteten.

»Es lässt sich unter der Tür nicht so im Handumdrehen sagen. Ist es erlaubt?« Er ging ihr entgegen.

»Kommen Sie herein!«, sagte sie und führte ihn in einen Raum, der Küche, Wohn- und Schlafzimmer zugleich war.

Sie räumte einen Stuhl frei und bot ihm Platz an. Aber Viktor setzte sich nicht.

»Es ist ein Kreuz, wenn man auf einmal aus seinen geordneten Verhältnissen hinausgeworfen wird«, entschuldigte sie sich. »Mit einer alten, allein stehenden Frau kann man so etwas ja machen. Ich war längere Zeit krank und lag im Krankenhaus. Inzwischen hat mein Hauswirt die Wohnung anderweitig vermietet und meine Möbel vor die Tür gestellt. Glauben Sie, ich hätte beim Gericht Gehör gefunden? Man stellte mir kurzerhand diese Barackenwohnung zur Verfügung, die selbst für einen Hund zu schlecht ist. Aber wie gesagt, man ist halt ein altes, allein stehendes Weib. Wollen Sie sich nicht setzen?«

»Danke!«

»Mit wem habe ich die Ehre?«

»Ich bin der Jäger vom Hochmoor …«

»Aha!« Die Alte schien nachzudenken. »Und was wünschen Sie von mir?«

Viktor atmete ein paar Mal laut und herb auf. Sein Gesicht bekam einen entschlossenen Ausdruck. »Ich möchte die volle Wahrheit erfahren über eine gewisse Martina, die im Moor umgekommen ist.«

Die Alte stieß ein paar laute Seufzer aus. »Ach ja«, sagte sie dann. »Es sind unselige Erinnerungen. Wissen Sie, ich war zeitlebens eine ehrliche Frau. Mein Mann ist sehr früh verstorben. Der Tod meiner Tochter traf mich doppelt hart, weil sie mit der Schande des Diebstahls und der Veruntreuung aus dem Leben ging. So etwas sollte nicht vorkommen. So hat man seine Kinder nicht aufgezogen.«

Viktor beobachtete eine Weile sehr eindringlich das hässliche Gesicht der alten Frau. »Wie viele solcher Töchter haben Sie an Ihre Kunden verkuppelt, Frau Lenz?«

Die Alte fuhr herum. »Was sagen Sie da? Was erlauben Sie sich, Herr?«

»Sie sehen, dass es keinen Sinn hat, um die Dinge herumzureden und herumzulügen. Deshalb werden Sie gut daran tun, wenn Sie mir die volle Wahrheit sagen! Ich wäre sonst gezwungen, die ganze Angelegenheit der Polizei zu übertragen, worauf Sie eine noch erbärmlichere Wohnung beziehen müssten als diese hier ist – Sie elende, alte Kupplerin!«

Das Weib richtete sich empört auf. Die Augen spieen Gift. »Hinaus!«, schrie sie. »Verlassen Sie mein Haus!«

»Wenn Sie es vorziehen, die Sache mit einem Kriminalbeamten abzumachen, dann kann ich ja gehen. Verlassen Sie sich darauf, sie kommen dort nicht billiger weg!«

»Was wollen Sie denn anzeigen? Was wissen Sie denn? Nichts! Gar nichts!«

»Oh, eine ganze Menge. Es reicht vollkommen aus, um Ihnen noch für den Rest Ihres Lebens eine Wohnung zuzuweisen, die freilich nicht nach Ihrem Geschmack sein wird! Beispielsweise weiß ich, dass die unglückliche Martina Lenz gar nicht Ihre Tochter war. Ihr tatsächlicher Name war Martina Bernatzky!«

»Und wenn? Sie haben wohl noch nie gehört, dass es eine Adoption gibt? Soll ich Ihnen den amtlichen Beleg hierfür vorlegen?«, erwiderte das Weib kaltschnäuzig.

»Ich kann und werde den Beweis führen, zu welchem Zweck Sie das Mädchen adoptiert haben! Sie kennen doch einen Herrn Daniel Janisch, Holzhändler en gros. Er zählte zu Ihren Kunden! Sie haben genau gewusst, welche Nebenrolle eine junge Buchhalterin im Holzhof spielen wird, und deshalb sind Sie eine gemeine Kupplerin! Das Mädchen ging jämmerlich zugrunde, weil es bei Nacht und Nebel über das Moor fliehen wollte vor den Nachstellungen dieses Mannes! Es war also in gewissem Sinne ein Mord, der hier geschehen ist! Sie haben sich mitschuldig gemacht an diesem Verbrechen! So ist das! – Und wenn ich Sie noch frage: Warum wenden Sie sich nicht an Herrn Janisch, wenn Sie schon in solche Not geraten sind, dass Sie nicht einmal mehr Ihren Wohnungszins bezahlen konnten? Doch – Sie haben es getan! Aber er hörte nicht mehr auf Sie! Warum erstatten Sie nicht Anzeige gegen ihn? Weil Sie dann selbst dran wären! Wenn es Ihnen auch nicht das Gewissen sagt, so doch der Verstand. Ich aber – ich habe nichts zu befürchten! Ich kann diese Sache aufgreifen, und ich werde es tun! Verlassen Sie sich darauf! Schonungslos will ich die Sache einer unschuldigen Toten vertreten, bis der Schuldige zur Verantwortung gezogen ist!«

Der Jäger warf der Alten noch einen verächtlichen Blick zu und wandte sich zur Tür.

»Warten Sie!«, rief die Alte.

Viktor kam zurück. Er merkte, jetzt war es so weit …

»Setzen Sie sich, Jäger vom Hochmoor!«

Viktor setzte sich.

»Es war an einem unfreundlichen Februartag. Der Sturm trieb den kaltfeuchten Schnee durch die Straßen, da ging ich bei Einbruch der Nacht in den Warteraum des Bahnhofes. Mehrere Leute saßen da und warteten auf die Abfahrt ihrer Züge, die an diesem Tag jedoch schlimme Verspätungen hatten. Darunter befand sich auch ein junges Mädchen, dem ich sogleich anmerkte, dass es im Augenblick keinen besseren Unterschlupf vor dem Schneetreiben hatte, als den öffentlichen Warteraum des Bahnhofes. Ich sah es an dem ausgehungerten Gesicht, an dem dünnen Kleid und dem fadenscheinigen Mantel. Ich setzte mich zu ihm hin, blieb eine Weile stumm – und dann fragte ich: ›Wohin?‹ Das Mädchen zuckte die Schultern. ›Aha‹, dachte ich, ›auch wieder eine solche, die kein Heim hat.‹ Wir unterhielten uns eine Weile. Es wurde spät. Die Lichter wurden angeknipst. Ich betrachtete das Mädchen genauer, es war noch sehr jung und schön von Gestalt. Aber da kam plötzlich ein Bahnpolizist in den Warteraum, er kontrollierte die Fahrkarten und manchmal sogar die Papiere der Reisenden, denn gerade in den Warteräumen hielten sich zweifelhafte Elemente auf, die mit dem Zugverkehr nichts am Hut hatten. Ich merkte, dass meine junge Nachbarin unruhig wurde, und je näher der Polizist kam, desto nervöser wurde sie. ›Komm!‹, sagte ich dann. ›Ich habe Platz in meiner Wohnung, wenn du nicht weißt, wohin …‹

Das Mädchen ging dankbar mit. Ich erfuhr, dass es keine Eltern hatte und dass es auch sonst in recht misslichen Verhältnissen lebte. Es konnte sich nicht frei bewegen, weil es früher aus einem Jugendheim entflohen war und seitdem überall gesucht wurde. Es stand bereits in der Vermisstenliste und lebte in ständiger Angst, eines Tages geschnappt zu werden. Ich behielt das Mädchen und gab ihm meinem Namen. Daraufhin ging sie täglich zur Arbeit, verdiente aber nicht viel – bis dann der Holzhändler

Daniel Janisch kam und das Mädchen als Buchhalterin mitnahm auf seinen Holzhof draußen am Fluss. Was dort geschehen ist, weiß ich nicht – ich habe mich nicht mehr darum gekümmert. Das ist meine Schuld!«

»Und wie hieß das Mädchen mit richtigem Namen?«

»Martina Bernatzky.«

»Was hat Ihnen Herr Janisch für das Mädchen bezahlt?«

Die Alte schwieg.

»Wussten Sie, dass Daniel Janisch das Mädchen missbrauchen wollte?«

Die Alte schwieg.

Viktor Eichler erhob sich.

»Werden Sie mich nun anzeigen?«, fragte das alte, hässliche Weib. Auf ihr Gesicht war nun doch die Angst getreten.

»Nein – es geht mir um ganz andere Dinge, vor allem um die Wahrheit. Es wird nicht meine Schuld sein, wenn dieser Tage doch einmal ein Beamter der Kriminalpolizei bei Ihnen vorspricht. Es ist Ihre eigene Schuld, und es wird die Schuld des Herrn Janisch sein, sofern er Sie in die Dinge hineinzieht!«

9

Schon um die Nachmittagsstunden versammelten sich die Jäger und Jagdfreunde im Gasthaus zu Niedereich zu ihrem fröhlichen, dörflichen Herbstfest. Von überallher waren sie gekommen, teilweise sogar mit ihren Frauen, und im Hof des Gasthauses mehrten sich die abgestellten Wagen.

Dazu gesellten sich die Honoratioren, Gemeinderäte und Großbauern von Niedereich, die Treiber und alle, die zum Gelingen der großen Herbstjagd beigetragen hatten.

Zunächst gab es ein reichhaltiges Mahl und Freibier, so viel jeder vertragen konnte.

Dazu wurde in lustigen Reimen jeder einzelne Waidmann für diesen und jenen Schnitzer, der ihm bei der Jagd unterlaufen war, ausgesungen.

Auch Herr Heinrich musste für so manche Geschichte herhalten. Es war also für viel Heiterkeit gesorgt.

Später, als bereits die Nacht hereingebrochen war, wechselte man hinauf in den großen Saal, wo sich bereits eine mehrköpfige Musikkapelle eingefunden hatte, die zum Tanz aufspielte. Die ganze Dorfjugend feierte hier ausgelassen, und so war das Jagdfest für jedermann eine rundum gelungene Veranstaltung.

Merkwürdig war, dass heuer Viktor Eichler, der Jäger vom Hochmoor, fehlte. Keiner konnte sich recht erklären, warum.

Der Jagdherr schien es ihm recht übel auszulegen. Er fand es geradezu ungehörig, einfach fernzubleiben, ohne sich zu entschuldigen oder wenigstens eine triftige Erklärung abzugeben. Die nächstliegende Vermutung war, dass er sich scheute, den Leuten von Niederreich unter die Augen zu treten. Jeder wusste ja bereits, dass er mit einem junge Frauenzimmer hinten im Moor zusammenlebte, mit einem liederlichen Frauenzimmer, das Herrn Janisch davongelaufen war. Und wer es noch nicht wusste, den klärte der Holzhändler ausreichend auf.

Schließlich geriet Herr Heinrich in einen solchen Unmut, dass er einen jungen Treibburschen mit dem Befehl ins Hochmoor schickte, den Jäger auf der Stelle zu ihm zu bringen.

Aber der Junge kam mit dem Bescheid zurück, dass der Jäger nicht zu Hause sei. Mit dem ersten Frühzug wäre er in die Stadt gefahren, habe aber bis zum Beginn des Jägertreffens zurück sein wollen.

Herr Heinrich schüttelte verständnislos den Kopf, und die Leute raunten weiter einander in die Ohren …

Aber in einer Tanzpause, in der der Holzhändler Janisch eben eine witzige Rede zum besten gab, die von beißendem Spott auf den säumigen Jäger vom Hochmoor gepfeffert war, gerieten die Zuhörer plötzlich in eine Unruhe, nachdem die ersten Lachsalven verklungen waren. Denn in diesem Augenblick erschien die große, wuchtige Gestalt des Jägers vom Hochmoor unter der Tür und blieb dort stehen.

Die Ersten, die ihn bemerkt hatten, teilten es dem Nachbarn mit, und auf einmal drehten sich alle Köpfe nach ihm um.

Auch Herr Janisch hatte ihn erblickt, aber er fuhr gelassen fort mit seiner Rede, obwohl ihm jetzt niemand mehr zuhörte.

Viktor ging schließlich auf den Jagdherrn zu, der am ersten Mitteltisch das Präsidium führte, und sagte etwas zu seiner Entschuldigung.

Aber Herr Heinrich war noch zu sehr verärgert und gab ihm keine Antwort.

Viktor richtete sich auf und kreuzte den Blick des Holzhändlers, der sich heute in schmucker Jägerkleidung präsentierte und allgemein Beifall fand als leutseliger, humorvoller Herr, der sich offensichtlich so eng mit dem Dorf verbunden fühlte, dass er scheinbar allen Hochmut abgelegt hatte und sich als einer der ihren gab.

»Entschuldigen Sie, Herr Janisch, wenn ich Sie ganz kurz unterbreche!«, rief der Jäger mit düsterem Gesicht und so laut, dass der ganze Saal aufhorchte. »Ich habe nicht viel zu sagen, aber es geht alle an, die sich zu den Einwohnern von Niedereich zählen! Es handelt sich um das Kreuz im Schilf! Sicher werden Sie sich alle an die Ereignisse erinnern, die damit in Zusammenhang stehen. Ich möchte nun feststellen, dass man die Tafel mit einem Text beschriftet hat, der nicht stimmt. Damals hat man es nicht besser gewusst. Heute endlich kann der Beweis erbracht werden, dass das Mädchen einem Verbrechen zum Opfer gefallen ist, das einem Mord gleichkommt. Ich fordere den Mörder öffentlich auf, den Text an der Tafel zu beseitigen, und zwar heute Nacht noch, denn morgen hat er keine Zeit mehr dazu!«

Darauf grüßte Viktor den Jagdherrn und verließ sofort wieder den Saal.

Daniel Janisch stand noch da. Eine Weile herrschte eine betretene Stille im Raum.

Dann brach der Holzhändler in ein schallendes Lachen aus. »Jetzt ist dem Armen die Liebe auch noch in den Kopf gestiegen!«, grölte er. »Er läuft herum wie ein Verrückter, er sprich wie ein Narr. Legen wir für ihn eine Minute Bedauern ein!«

Er lachte wieder laut auf – und nach und nach lachten alle mit, bis auf den Jagdherrn. Der schien doch etwas nachdenklicher zu werden.

»Weiß Gott, wir werden ja hören«, sagte er zu seinem Nachbarn.

Die Musik setzte ein. Die Jugend ging wieder zum Tanz. Was ging sie die Geschichte an? Sie war Vergangenheit ...

Viktor Eichler, der Jäger vom Hochmoor, verließ das Dorf und wanderte hinaus in das einsame, nächtliche Land.

Er kehrte nicht heim, sondern nahm einen ganz anderen Weg.

Als der Jäger an der Hütte des Samenters ankam und in den Stubenfenstern noch Licht sah, klopfte er an. Der Samenter war allein. In seinem Stall würde eine Kuh heute Nacht kalben, deshalb hielt er Wache. Viktor stellte erfreut fest, dass er nun wenigstens daheim war. Sein Weib und die Kinder lagen bereits im Bett.

»Jetzt ist es so weit, Samenter«, sagte der Jäger. »Morgen wird der Strick zugezogen.«

Der Samenter wusste nicht, was diese Rede bedeuten sollte, aber er ahnte es. »Du hast mir aber versprochen ...«

»… dass dir nichts geschehen soll, wenn du radikal umkehrst. Es wird dir auch nichts geschehen. Ich wollte dich nur noch fragen, wer dich dazu überredet hat, und das hat doch jemand, ausgerechnet in meinem Revier zu wildern? Denn von allein wärst du doch nicht auf diese Idee gekommen, oder?«

Der Samenter schwieg.

»Ich weiß es ohnedies: Der rote Simon, das stimmt doch, oder?«

»Wenn du es schon weißt …«

»Was du getrunken hast, hat er auf die Tafel gekreidet, und als kein Platz mehr war, wurden die Striche ausgelöscht, ohne dass du etwas dafür bezahlen musstest. Dafür verlangte er von dir eine Gegenleistung, die dir beinahe den Kragen gekostet hätte!«

»Wer hat dir das gesagt?«

»Du selbst, freilich nicht mit Worten, aber ich habe dich lang genug beobachtet. Beinahe hätte ich dich für den Mörder meines Vaters gehalten!«

»Der bin ich nicht!«

»Ich weiß es, und ich kenne ihn bereits.«

»Wer ist's?«

»Wenn du morgen oder dieser Tage ins Dorf kommst, wird es dir jeder ungefragt sagen. Ich habe vorerst Schweigepflicht. – Lass dich nicht länger von mir aufhalten, Samenter, und alles Gute für deine Kuh! – Gute Nacht!«

Der Jäger ging weiter …

Nach einer weiteren halben Stunde kam er am »Mooshäusl« vorbei und kehrte ein.

Der rote Simon hatte noch Gäste. Ein paar Arbeiter vom Torfstich waren noch da und spielten Karten.

Viktor setzte sich an den Tisch gleich neben der Tür.

Der Wirt warf ihm einen misstrauischen und unfreundlichen Blick zu. Gezwungenermaßen kam der rote Simon näher, um nach seinem Wunsch zu fragen. »Eine Flasche?«

»Nein, eine Maß!«

Viktor legte den Hut ab.

Der Wirt schüttelte zwei Flaschen in den Krug und stellte ihn auf den Tisch. »Zum Wohl!«

»Danke!«

Viktor trank.

»Ich hab gemeint, das heute drunten das Jagdfest ist.«

»Jawohl.«

»Dass du nicht dabei bist?«

»Ich habe keine Zeit.«

Damit war das Gespräch beendet. Seit der letzten Auseinandersetzung herrschte zwischen den beiden eine sehr angespanntes Verhältnis. Der Wirt gesellte sich wieder zu den Arbeitern und schaute ihnen beim Kartenspiel zu.

Der Jäger beschäftigte sich mit seinem Merkbuch und griff ab und zu nach seinem Krug, ohne viel zu trinken. Den übrigen Gästen schenkte er kaum Aufmerksamkeit.

Langsam verging die Zeit. Der Zeiger an der Uhr kletterte höher. Endlich legten die Arbeiter die Karten weg. Sie tranken ihre Krüge leer und bezahlten die Zeche. Dann brachen sie auf.

Der Wirt räumte den Tisch ab und spülte hinter dem Schanktisch die Krüge aus.

Dann kam er langsam hervor. »Wenn du schon so knapp mit deiner Zeit bist, wundert es mich, dass du so lange hier sitzen bleibst!«, sagte er. »Ich mach um diese Zeit zu.«

Viktor steckte sein Buch ein. »Ich wollte mit dir noch ein paar Worte allein sprechen, Simon, drum habe ich gewartet.«

»Was du mir zu sagen hast, kann jeder hören. Oder nicht?«

»Nein, es wäre dir sicher unangenehm gewesen, wenn ich dir vor fremden Ohren auf den Kopf zugesagt hätte, dass du ein ganz niederträchtiger Lump bist!«

»Wie?« Der rote Simon bekam schmale Augen, sein Gesicht erbleichte.

Viktor erhob sich und stellte sich vor die Tür, dass der Mann ihm nicht entrinnen konnte. »Es war ein schweres Stück Arbeit, dir hinter dein Verbrechen zu kommen. Aber ich habe es geschafft.«

»Nichts weißt du! Gar nichts! – Drum schau, dass du hinauskommst, oder ...«

»Oder?«

»... ich zertrümmere dir den Schädel!«, schrie jetzt der rote Simon in Raserei und schwang den schweren Bierschlägel gegen den Jäger.

Aber Viktor hatte blitzschnell eine Pistole gezückt. »Leg das weg, Bursche! Aber sofort!«

Der rote Simon starrte ihn sekundenlang entsetzt an. Er sah, dass er das Spiel verloren hatte, und warf den Schlägel hinter sich. »Was willst du von mir?«

»Nur ein wenig an deinem Gewissen rütteln! Da du aber zu feige dazu bist, endlich einzugestehen, was du verbrochen hast, sage ich es dir eben: Als du nach dem Krieg von irgendwoher angeschwemmt wurdest, um hier einen Ausschank zu betreiben, ging es dir am Anfang sehr schlecht. Es kamen keine Gäste zu dir, weil die Leute sich mit ihren Sorgen herumschlagen mussten und keine Zeit und kein Geld für das Vergnügen hatten. Bis eines Tages ein gewisser Herr Daniel Janisch bei dir aufkreuzte. Ihm kam es auf ein paar Geldscheine mehr oder weniger nicht an, wenn du ihm einen Gefallen erweisen wolltest. Das war für dich die Rettung. Er drückte dir eine Flinte in die Hand, mit der du das Hochmoor unsicher machen solltest. Eine Zeitlang konntest du den Jäger narren, aber eines Tages hätte er dich beinahe erwischt – wenn du ihn nicht kaltblütig niedergeknallt hättest. Schau, gerade das wollte ja dein Auftraggeber. Ihm ging es nicht um das Wild, das du zusammengeschossen hast, sondern um den Jäger, meinen Vater, der zu viel wusste von Janischs üblen, betrügerischen Machenschaften in seinem Geschäft. Der uns beiden wohlbekannte Holzhändler musste mit Recht fürchten, dass seine ganzen Schwindeleien eines Tages aufgedeckt würden, was zur Folge gehabt hätte, dass er den Holzhof in Schande hätte verlassen müssen. Du hast ihm also einen guten Dienst erwiesen, und es war von ihm nicht mehr als recht, dass er dir dafür auf die Beine geholfen hat. – Und dann? Um die Spuren zu verwischen, konntest du nichts Besseres tun, als den Samenter auf mich zu hetzen. Die Schuld konntest du allerdings nicht auf ihn abwälzen. So einfach geht es dann doch nicht!«

Eine Weile war es totenstill.

Der rote Simon schnaufte. Man sah ihm an, dass er nur auf eine Gelegenheit wartete, um davonzulaufen.

»Ich verzichte auf dein Geständnis, du Feigling! Ich bin auch nicht berufen, dich zu verhaften und abzuführen, das mögen andere tun, die dafür da sind, wenn du es nicht vorziehst, dich zur Selbstanklage zu bringen. Aber dazu bist du ja doch zu feige, du niederträchtige Kreatur! – Vielleicht vermag dir Herr Janisch noch aus dem Dreck zu helfen. Nur musst du dich sehr beeilen! Ich weiß nicht, ob du ihn morgen noch unbelauscht sprechen kannst! Mehr habe ich dir nicht zu sagen!«

Der Jäger griff nach der Türklinke. Dann besann er sich noch auf etwas. »Entschuldige! Nun hätte ich beinahe vergessen, mein Bier zu bezahlen!« Er warf eine Münze auf den Tisch, streifte das Gesicht des Mannes noch einmal mit einem verächtlichen Blick, dann ging er.

Lange hatte Marlies an diesem Abend auf die Heimkehr Viktors gewartet. Sie hatte alles geflickt, was im Korb an Wäsche und Wollzeug war. Was hätte sie auch tun sollen? Die Mutter war wie immer sehr früh ins Bett gegangen, und dann war Marlies allein gewesen.

Bis Mitternacht hatte sie so durchgehalten, dann wurde es ihr plötzlich unheimlich. Schon allein der Gedanke an die Einsamkeit des Hauses so weit hinten im Moor, wo kein Hilfeschrei einen Menschen erreicht hätte, wenn eine Bedrohung da gewesen wäre, war beunruhigend. Daran erregten sich allmählich die Nerven, die Sinne reagierten mit einer Überempfindlichkeit, so dass das Mädchen bald dieses, bald jenes verdächtige Geräusch zu hören glaubte, worüber es in eine törichte Angst geriet.

Schon bei Einbruch der Nacht hatte Marlies heute alle Fensterläden geschlossen und an der Tür den Riegel vorgelegt. Sie wusste dass sie heute die halbe

Nacht mit der alten, tauben Mutter allein in diesem Haus sein würde, also ganz allein auf sich selbst angewiesen, wenn etwa das Unerhörte und Ungeheuerliche eintreten sollte, vor dem sie sich fürchtete, schon seitdem sie hier im Jägerhaus Zuflucht gefunden hatte.

Aber Daniel Janisch zählte zu den Jagdgästen. Er war heute beim Fest und würde doch wohl kaum davonlaufen, selbst wenn er wüsste, dass der Jäger heute nicht zu Hause war.

Gleichviel, sie war heute ganz auf sich angewiesen – und auf die Pistole, die Viktor ihr immer zusteckte, wenn er für längere Zeit das Haus verließ. »Die Frau eines Jägers vom Hochmoor muss so viel Mut haben, im Ernstfall auch einmal zur Pistole zu greifen«, pflegte er in heiterem Ton zu sagen. Aber sie wusste genau, was er damit meinte. Gott mochte sie davor bewahren, dass es je einmal zu dieser Probe ihres Mutes kam!

Plötzlich fühlte sie sich nicht mehr wohl und sicher genug in der Stube. Sie löschte das Licht und ging über die Stiege zu ihrer Kammer hinauf. Dort konnte sie wenigstens auch noch die Tür verriegeln. Die kaltfeuchte Luft, die ihr vom geöffneten Fenster entgegenwehte, veranlasste sie, eine warme Jacke anzuziehen. So lehnte sie sich im Dunkeln auf das Fensterbrett und schaute auf das nächtliche Moor hinaus. Hier würde sie warten, bis Viktor heimkehrte, und ihm dann erleichtert entgegenlaufen.

Sie wollte ihm noch einen heißen Tee kochen oder Rotwein wärmen, denn der Wind wehte kalt, als käme er aus dem Schnee.

Aber es war wenigstens kein Nebel in dieser Nacht. Ab und zu trat der Mond aus den Wolken, dann war es sogar recht hell. Sie vermochte weithin die Bäume und Sträucher zu unterscheiden.

Sie sah den schmalen Weg, der gewunden aus dem Hochmoor führte. Auf diesem Weg musste Viktor kommen. Sie würde ihn schon von weitem sehen.

Um das Haus standen ein paar alte Wildkirschbäume mit dicken Stämmen. Durch das Geäst rauschte der Wind. Er schüttelte die Zweige, an denen kein Blatt mehr war.

Ihre Augen hatten sich inzwischen an die Dunkelheit gewöhnt. Sie sah die Gegenstände deutlicher, jeden Ast, der sich regte, jedes Blatt, das über den Hof wehte.

Da sah sie plötzlich, dass sich hinter dem Stamm des Baumes etwas bewegte, das sie nicht gleich zu erkennen vermochte. Es konnte der Arm eines Menschen sein.

Aber wer sollte denn da stehen ...?

Sie ließ jetzt keinen Blick mehr von diesem Baum. Auf einmal waren ihre Nerven wieder angespannt. Oder war es doch nur ein Stängel vom Rohrkolben, der sich im Wind bog?

Nein, es war der Körper eines Menschen. Jetzt hatte sie es deutlich gesehen. Sie war ein wenig hervorgetreten, um gleich wieder unterzutauchen. Aber das hatte Marlies genügt, um in der Gestalt einen Mann zu erkennen, dessen gedrungener Wuchs ihr allzu deutlich in Erinnerung war.

Es war Daniel Janisch ...

Was wollte er? Vielleicht gar mit Gewalt in das Haus eindringen, in dem er sie heute mit der alten, tauben Mutter allein wusste? Sie hatte deutlich gesehen, dass er in seiner rechten Hand einen Gegenstand trug, womit man auf einen Streich einen Menschen töten konnte.

Wem anders als ihr konnte dieser Anschlag gelten! Er wollte sie mundtot machen, damit sie nie aussagen konnte, was sie im Holzhof erlebt und gesehen hatte.

Da sah sie sich nun plötzlich diesem furchtbaren Dämon gegenüber, ausgeliefert, nur noch durch die Tür getrennt, die er mit dem Stück in seiner Hand, das eine Brechstange sein musste, mit Leichtigkeit einschlagen konnte.

In ihrer Verzweiflung erwog sie alle Möglichkeiten, wie sie sich vor diesem Mann retten könnte: wenn sie durch ein rückwärtiges Fenster heimlich aus dem Haus floh, um sich im Gestrüpp zu verbergen, bis sie ins Dorf laufen konnte, um Viktor zu rufen …?

Warum dachte sie nicht als Erstes an das Nächstliegende, das ihre Rettung bedeuten könnte: an die Pistole? Hatte sie denn nicht mehr Mut, würde sie ihm wirklich das Haus mit der alten, tauben Frau überlassen, nur um ihre eigene Haut zu retten?

Sie tastete sich im Dunkeln zum Nachtschrank. Hart und kalt fühlte sich die Waffe an. Sie hatte sie schon ein paar Mal in die Hand genommen – aber was war es für ein Unterschied zwischen der spielerischen Neugier beim ersten Kennenlernen einer solchen Waffe und dem Ernstfall.

Sie kehrte zum Fenster zurück. Daniel Janisch war immer noch in seinem Versteck. Sie hatte ihn sofort wieder erspäht. Auf was wartete er noch? Hatte er das Licht gesehen, das zuvor in der Stube gebrannt hatte? Wollte er warten, bis sie eingeschlafen wäre, um sie im Schlaf zu überfallen …?

Sie fing an zu frösteln, mehr aus Angst als aus Kälte.

Vielleicht schrak er doch zurück, wenn sie ihm die Mündung einer Pistole entgegenhielt. Bei Gott, sie wollte es tun! Sie konnte sich sogar vorstellen, abzudrücken, wenn er sie offen bedrohen würde. Sie hielt den Griff der Pistole umspannt. Sie wusste, dass sie mehrfach geladen und entsichert war. Sie brauchte nur abzudrücken.

Sie wartete vergeblich darauf, dass der Mann näher kam. Er blieb, wo er war …

Manchmal schob sich ein Gewölk vor den Mond. Dann war es völlig dunkel.

Plötzlich geschah es – und was sich nun ereignete, war eine Kette von Reaktionen, die sich im Einzelnen aus den unvorherzusehenden Vorgängen ergab.

Auf dem Weg tauchte eine Gestalt auf, groß und schwarz. Sie näherte sich mit gleichmäßigen, laut dröhnenden Schritten.

Es war Viktor Eichler, der Jäger vom Hochmoor.

Marlies atmete auf, und doch hämmerte das Blut in ihren Schläfen, als er ahnungslos an dem Baum vorbeikam, hinter dem Daniel Janisch sich verborgen hielt. Noch war nichts von dem Holzhändler zu sehen, aber er stand dort, bis der Jäger an ihm vorbei war. Im nächsten Augenblick jedoch trat er leise schleichend aus dem Versteck – mit dem erhobenen, schweren Schlageisen näherte er sich Viktor mit ein paar großen Schritten, in der Absicht, ihn niederzuschlagen und in den nahe gelegenen von Schilf umgebenen Tümpel zu werfen.

Vielleicht lag es am Rauschen des Windes, das alle Geräusche übertönte, oder Viktor war mit seinen Gedanken so sehr beschäftigt, dass er die Gefahr nicht bemerkte.

Da stieß Marlies einen entsetzten Schrei aus, der den Jäger zwar jäh aus seinen Gedanken riss, ihm aber keineswegs auf die unmittelbare, tödliche Gefahr hinwies.

Da krachte ein Schuss!

Mit einem Fluch brach Janisch zusammen, noch bevor er sein Opfer erreichen konnte …

Marlies wurde von einem Schluchzen geschüttelt. Ihre Kräfte waren völlig erschöpft. Aber sie musste Viktor doch die Haustür öffnen. Mühsam schleppte sie sich zur Kammertür, verfehlte aber die Klinke, spürte, wie ihr die Sinne schwanden, und stürzte ohnmächtig zu Boden.

Viktor Eichler war zu Tode erschrocken herumgeschnellt und beugte sich nun über den Mann, der da auf der Erde lag – und von dem nun keine Gefahr mehr ausging. Er sah das Weiße der Augen auf sich gerichtet, das schwere Schlageisen, das seine Hand noch umkrallte, er sah das Blut über die Erde rinnen …

»Janisch! Bedarf es noch weiterer Beweise? Mörder!«

Der Verletzte stöhnte.

Viktor lief auf das Haus zu.

Der Riegel war vorgelegt. Niemand öffnete ihm. Da sprang er mit der Wucht seiner ganzen Kraft gegen die Tür, immer wieder, bis sie endlich nachgab.

Er fand Marlies auf dem Boden ihrer Kammer und nicht weit von ihr die Pistole. Behutsam legte er das Mädchen auf das Bett. Besorgt untersuchte er sie, aber sie war unverletzt und würde bald wieder aus ihrer Ohnmacht, die durch die übergroße Aufregung und einen Schock ausgelöst worden war, aufwachen.

Viktor weckte seine Mutter und holte sie an das Bett des immer noch bewusstlosen Mädchens. »Bleibe bei ihr!«, rief er.

»Was ist mit ihr?«, fragte die Alte.

Viktor hatte jetzt keine Zeit, die Mutter über den Vorfall aufzuklären. Er eilte davon, und die Alte dachte, dass er zum Arzt wollte. Sie wusste ja von nichts.

Aber Viktor ging nicht zum Arzt, sondern er rief die Gendarmerie, die am Tatort ihr Untersuchungen vornehmen und den Verletzten wegschaffen sollte.

Im Osten graute der neue Tag, als Viktor Eichler erschöpft heimkehrte. Es hatte noch sehr lange gedauert, bis das Verhör endlich abgeschlossen werden konnte.

Diese nächtliche Erlebnis hatte selbst die harte, abgebrühte Natur des Jägers vom Hochmoor erschüttert. Er war knapp dem Tod entronnen, und nur dem Mut von Marlies hatte er sein Leben zu verdanken.

Als er daheim ankam, saßen die Mutter und Marlies in der Stube. Sie hatten den Ofen angeheizt und warteten …

Wie weit die Mutter inzwischen unterrichtet worden war, ließ sich nicht sagen. Sie hatte Marlies mit Fragen bestürmt, nachdem das Mädchen aus ihrer Ohnmacht erwacht war und sie beide die eingeschlagene Haustür entdeckt hatten. Aber Marlies war noch nicht fähig, ihr alles zu erzählen.

»Daniel Janisch!«, sagte sie nur.

Die Alte schaute sie mit offenem Mund an und griff nach ihren Händen, offenbar, um sie zu beruhigen, denn das Mädchen zitterte am ganzen Körper. »Unser Leben liegt in Gottes Hand, nicht in der des Holzhändlers!«

Dann schürte sie das Feuer nach, damit es wärmer würde in der Stube.

Da kam endlich Viktor zurück. Er ging auf das Mädchen zu und nahm es bei beiden Händen. »Marlies!«

Sie schaute mit angstvollen Augen zu ihm auf. »Ist er tot?«, flüsterte sie.

»Nein, er wird auch nicht daran sterben.«

»Er wollte dich töten!«

»Ich weiß! Tapfere Marlies!«

»Ich liebe dich!«, flüsterte sie.

Er setzte sich zu ihr. »Ich wusste, dass er etwas gegen mich plante, er musste es ja tun. Ich hatte ihn ja geradezu provoziert und dazu herausgefordert! – Aber ich habe nicht damit gerechnet, dass er so meuchlings zu Werke gehen würde. – Ich verdanke dir mein Leben, Marlies!«

»Und ich verdanke dir das meinige – und noch viel, viel mehr!«

»Du musst tapfer bleiben, mein geliebtes Mädchen. Es war noch nicht die letzte Probe deiner Kraft!«

Sie schaute ihn ahnungsvoll an.

»Im Schilf steht ein Kreuz – man wird es erneuern müssen, mit einem neuen Text beschriften …«

»Viktor!« Sie war bis in die Seele erschrocken, obwohl sie lange schon geahnt hatte, welches Geheimnis sich hinter dem Kreuz verbarg. »Was weißt du?«

»Alles!«

»Bitte sprich!«

»Später! – Stelle dir vor, Marlies, heute früh hat sich der Mörder meines Vaters bei der Gendarmerie selbst angezeigt!«

Marlies umklammerte seinen Arm. »Wer hat es getan?«

»Der rote Simon, der Wirt vom ›Mooshäusl‹. Kennst du ihn?«

Sie nickte.

»Sein Gewissen war nun doch stärker. Vielleicht aber rechnet er damit, dass man ihm durch die Verjährung nicht mehr viel anhaben kann. Aber er wird damit seinen Freund und Helfershelfer schwer belasten. Man kennt ja diese Kreaturen. Jedenfalls, Marlies, du bist frei! Dein Leben kann beginnen! Ich wünsche nur, dass du das Moor lieben lernst, wie ich es liebe seit meinem ersten Schrei, den ich hier getan habe!«

»Ich liebe es durch dich, Viktor! Ich habe ja dich!«

Die Mutter kam heran und schaute ihrem Sohn auf den Mund. Warum wollte ihr denn niemand sagen, was überhaupt geschehen war? »Wo ist er?«, fragte sie.

»Wer?«

»Daniel Janisch?«

»In polizeilichem Gewahrsam.«

»Endlich – da gehört er hin, schon seit wir den Vater erschossen aufgefunden haben!«

Es war schwer zu erraten, wie die Alte plötzlich zu dieser rätselhaften Erkenntnis kam, und beide, Marlies und Viktor, schauten sie ganz verwundert an.

Im Dorfe Niedereich standen die Menschen an diesem Morgen in Gruppen beisammen vor ihren Häusern und sogar auf der Straße. Sie diskutierten sehr aufgeregt über das Drama, das sich während der Nacht hinten im Moor zugetragen hatte. Es war fast unglaublich, wie rasch sich die Nachricht von der Verhaftung des bis dahin hochangesehenen Holzhändlers über das ganze Dorf verbreitete. Ein Nachbar sagte es dem anderen, auch wenn er ihn zu ungewöhnlicher Stunde herausklingeln musste. In kurzer Zeit war das ganze Dorf in helle Aufregung geraten. Wer hätte es diesem Mann angesehen, zu welchen Gemeinheiten er fähig war! Die erste Buchhalterin hat er in den Tod gejagt, die zweite hätte beinahe das gleiche Schicksal ereilt, wäre nicht gerade der Jäger vom Hochmoor dazugekommen …

Warum war niemandem bis heute aufgefallen, dass Daniel Janisch immer nur junge, hübsche Buchhalterinnen in sein Haus nahm, Mädchen, von denen man nie wusste, woher sie kamen. Erstaunlich war ja auch, dass das niemand anrüchig gefunden hatte, den ehrlichen und anständigen Jäger aber hatte man verfolgt, verurteilt und aus der Dorfgemeinschaft ausgeschlossen wegen angeblicher Sittenwidrigkeit. Ganz zu schweigen von Janischs geschäftlichen Machenschaften. Jetzt begann man darüber nachzudenken, wie er eigentlich an diesen großen Besitz gekommen sein mochte, ohne sich mit irgendwelchen Erben auseinandersetzen zu müssen.

Jetzt freilich dachte man über all das nach und diskutierte es eifrig und erregt.

Und mitten in die Aufregung des Dorfes platzte eine zweite Neuigkeit: Der rote Simon hatte sich in den frühen Morgenstunden der Polizei gestellt und sich selbst des Mordes am alten Jäger Eichler bezichtigt. Es sickerte durch, dass auch an dieser Tat Daniel Janisch maßgeblich beteiligt gewesen sein soll …

So kam es, dass von den Leuten des Dorfes über Daniel Janisch, Holzhändler en gros, der Stab gebrochen wurde, während Viktor Eichler, der Jäger vom Hochmoor, mit seiner Mutter und der tapferen Marlies in der warmen Stube beisammen saß, um sich mit ihnen von dem Schrecken dieser Nacht zu erholen.

10

In den nächsten Tagen kam Herr Heinrich ganz überraschend zu seinem Jäger ins Hochmoor. Er hatte mit ihm eine längere Unterredung unter vier Augen, die, weiß Gott, eine recht zufriedenstellende Einigung zwischen den beiden Männern zum Ergebnis hatte, denn Viktor Eichler zeigte eine recht fröhliches Gesicht, als er Marlies in die Stube rief.

Der Jagdherr streckte ihr freundschaftlich die Rechte hin.

»Ich habe nichts Böses vor, mein Fräulein, ich wollte mich nur bei Ihnen entschuldigen für meine Vorurteile und meinen Verdacht gegen Sie beide«, sagte er ernst. Dann fuhr er mit einem Augenzwinkern fort: »Außerdem habe ich meinem Jäger das Gehalt ein wenig aufgebessert, damit es besser reichen soll, wenn die junge Familie, wie ich hoffe, Nachwuchs bekommen sollte.«

Marlies dankte dem Jagdherrn für sein Vertrauen.

Schon wenige Tage später klopfte Viktor an die Hütte des Samenter an. »Du sollst mir einen Gefallen erweisen, Samenter!«

»Gern. Was ist zu tun?«

»Übermorgen sollst du abends Punkt sechs Uhr beim Bürgermeister sein!«

»Wozu?«

»Da findet meine standesamtliche Vermählung statt, und da sollst du unser Trauzeuge sein!«

»Ich?«, wunderte sich der Samenter. »Hast du keinen besseren dazu gefunden als mich Haderlumpen?«

»Soweit ich weiß, sind alle Haderlumpen aus dem Dorf hinweggeschafft worden, Samenter!«

»Ich habe ja nicht einmal ein ordentliches Gewand!«

»Am Gewand liegt es nicht, sondern am Herzen!«

»Wer ist der zweite Zeuge? Du weißt, es müssen zwei unterschreiben …«

»Vielleicht kann ich den Bürgermeister selbst dafür gewinnen.«

Es war schon dunkel, als Viktor Eichler, der Jäger vom Hochmoor, mit seiner Braut vor den Bürgermeister trat. Kein Mensch begegnete ihnen. Das Dorf war wie ausgestorben. Aber sie wussten, dass in jedem Haus die Menschen hinter den Festern standen und ihnen nachblickten.

Es tat Marlies weh, dass es niemand für notwendig erachtete, dem Mann, der doch einer der Ihrigen war, zu seinem Schritt zu gratulieren.

»Daran bin ich schuld!«, lachte sie bitter. »Sie sehen in mir immer noch die dahergelaufene Städterin, die unziemlich mit dir zusammenlebt!«

Warum konnte es nicht anders sein? Warum glaubte man ihr nicht? Warum wollte man sie nicht aufnehmen in die Dorfgemeinschaft? Was hatte sie denn getan?

Auch Viktor war schweigsamer geworden. Er kam ihr bedrückt vor. Oder täuschte sie sich?

Aber er hielt ihre Hand fest in der seinen, so dass es jeder sehen konnte, und ging aufrecht neben ihr her.

Als sie das Amtszimmer betraten, gab es eine Überraschung: Außer dem Samenter, der in seinem besten geflickten Anzug auf der langen Wandbank saß, wurden sie noch von einem zweiten Zeugen erwartet, den sie nie zu bestellen gewagt hätten: Es war Herr Heinrich, der Jagdherr. Er war eigens dafür zu dieser Stunde aufs Land gefahren.

Den Trauungsakt nahm der Bürgermeister vor. Er hielt eine einfache, aber herzliche Ansprache und forderte sie schließlich feierlich zum Jawort füreinander auf.

Nachdem die Unterschriften vollzogen waren, gratulierte ihnen Herr Heinrich als Erster, ihm folgte der Bürgermeister – und am Schluss streckte ihnen der Samenter ein bisschen linkisch die derbe Rechte hin.

Nach dem standesamtlichen Akt ging das Paar hinauf zum Pfarrhof, wo es zum Stuhlfest geladen war. Morgen in aller Frühe sollte dann die kirchliche Trauung stattfinden.

Als sie das Haus des Pfarrers fast erreicht hatten, geschah auf einmal das Unerwartete. In allen Winkeln des Dorfes krachten fast zugleich Ehrenschüsse für das Brautpaar.

Marlies war darüber so sehr erschrocken, dass sie ihre Hand auf das Herz presste und alle Farbe aus dem Gesicht verlor. »Was ist das?«, fragte sie.

»Ein Ehrensalut der Dorfburschen. Er gilt uns. Sie wünschen uns Glück, Marlies!«

»Ach!«, sagte sie freudig überrascht. »Aber wie bin ich erschrocken!«

»Es ist ein alter, ländlicher Brauch. Man will uns zeigen, dass wir zur Gemeinschaft gehören!«

Sie fasste gerührt mit beiden Händen nach seinem Arm. »Ist das wahr? Ach, Viktor!«

Auch der Pfarrer kam ihnen freundlich entgegen, sprach in einer geradezu väterlichen Güte zu der jungen Frau – und erteilte ihnen zum Schluss den Segen.

Sie gingen noch nicht gleich nach Hause, denn Viktor wollte Marlies noch etwas auf dem Friedhof zeigen.

Es war dunkel geworden, so dass sie die Namen auf den Tafeln nicht mehr erkennen konnten. Aber Viktor wusste auch so, wohin er sie führen wollte.

Drunten an der Mauer blieb er stehen, vor einem Grab, das ein wenig verkommen war.

»Wir werden ihr einen neuen Stein setzen lassen, Marlies«, sagte er. »Ihre Seele möge in Frieden ruhen!«

»Amen«, fügte sie hinzu. »Liegt hier die unglückliche Martina?«

Er nickte. Dann legte er seinen Arm um sie und drückte sie fest an sich. Seine Stimme erbebte, als er fortfuhr: »Ich kann es dir nicht länger verschweigen, Marlies, und es tut mir weh, gerade heute darüber sprechen zu müssen, wo doch alles licht und froh um uns gewesen ist – hier ruht deine Schwester …!«

Sie erschauerte. Ein herber, lautloser Seufzer entrang sich ihrer Brust. »Ich habe es geahnt!«, hauchte sie.

»Ich auch, Marlies, und deshalb habe ich mir Gewissheit verschafft. Eine Reihe von Zufällen kam mir dabei zu Hilfe.«

Er griff in seine Tasche und zog ein Kettchen hervor. »Hier! – Das habe ich an mich genommen, als ich mit der Toten allein war. Aber es musste wohl sein, denn sonst hätten wir nie Gewissheit erlangt, auch wenn sie traurig und erschütternd ist.«

Sie betastete das Medaillon. »Ja – es ist von unseren Eltern.«

»Sie hat dich vor dem Tod bewahrt, Marlies. Von drüben konnte sie es tun. Wir wussten es damals nur nicht. Sie wird auch in Zukunft über uns wachen!«

Über die Wangen des Mädchens rollten die Tränen. »Nun habe ich niemanden mehr, die Eltern sind tot, und die Schwester auch, die ich suchte und nun gefunden habe.«

»Aber du bist nicht allein, du hast mich, Marlies! Deinen Mann!«

»Verzeih!«

Er führte sie weg von dem Grab, hinaus aus dem Friedhof.

Im Dorf brannten bereits die Straßenlaternen. Die Bauern brachten gerade die Milch in die Sennerei.

Marlies und Viktor spazierten durch das Dorf, in dem noch bis in die Nacht hinein reges Treiben herrschte. Dann gingen sie über das Moor, zurück in das Haus, in dem sie nun ihr Glück und eine bessere Zukunft begründen wollten.

Aus den entlaubten Erlen schrieen die Birkhähne.